하루코의 봄

유용오

하루코의 봄

2017년 8월 7일 1판 1쇄 인쇄
2017년 8월 7일 1판 1쇄 펴냄

지은이	유응오
펴낸이	정소성
편집	이연희
디자인	윤려하
관리·영업	이승순, 유지혜
펴낸곳	(주)실천문학
등록	10-1221호(1995.10.26)
주소	서울특별시 성북구 보문로 82-3, 801호(보문동 4가, 통광빌딩)
전화	322-2161~5
팩스	322-2166
홈페이지	www.silcheon.com

ISBN 978-89-392-3011-8

차례

우먼 프롬 도쿄(Woman from Tokyo)

세상은 돌고 돈다. 차바퀴처럼.

하루코는 서현사거리에서 브레이크를 밟으면서 그런 생각을 했다. 갓길로 차를 댄 뒤 창문을 내렸다. 주머니에서 담배를 꺼내 물고 불을 붙였다. 길게 한 모금을 빨았다. 달았다. 때로는 쓴 게 달게 느껴졌다. 담배가 필터까지 타들어가고 있었다. 담배꽁초를 차창 밖에 던진 뒤 핸드폰을 꺼냈다.

"형, 나 하루코."

"뭐 두고 간 거 있어?"

하루코는 잠시 숨을 골랐다.

승룡이 운영하는 불법 도박장을 빠져나올 때 말을 하려고 했는데, 입이 떨어지지 않았다. 하루코의 눈빛을 보고 짐작했는지 가게 앞까지 마중을 나온 승룡이 빠꾸의 일을 도와주는 게 힘들면 때려치우고 하우스에서 재떨이나 가는 게 어떻겠냐고 말했다. 대답 대신 하루코는 피식, 웃었다. 승룡의 눈빛에 의심이 가득했다.

“할 말이 뭐야. 너답지 않게 왜 그렇게 뜸을 들여.”

“빠꾸 친다.”

승룡이 말이 없었다. 이윽고 수화기 저편에서 한숨 소리가 들렸다.

“베레타 총 빌려달라고 할 때부터 알아봤다. 춘자야. 누가 널 말리겠어. 천하의 하루코를. 그래도 총은 쓰지 마. 그냥 옛날에 그랬던 것처럼 호박만 깨. 대가리에서 깍두기 국물만 흐를 정도로. 너도 알겠지만, 그 정도만 해도 빠꾸는 겁이 많아서 알아들을 거다.”

다시 시동을 걸었다. 가타부타 묻지 않는 승룡이 고마웠다. 따지고 보면 빠꾸는 승룡의 친구다. 후배가 친구를 친다는데 사정도 묻지 않고 묵인해준다는 건 쉽지 않은 일이다.

가속페달을 밟았다. 돌아보면, 항상 마음보다 몸이 빨랐다. 이미 차는 차선을 변경해 앞차를 추월하고 있었다.

방향지시등을 켜지 않아서 뒤에서는 경적소리가 요란했지만, 질주를 멈출 수 없었다. 하루코가 탄 검은색 포드 머스탱이 요리조리 차선을 넘나들자 도로에는 여기저기서 호른 소리가 울려 퍼졌다. 핸들을 움직일 때마다 각기 다른 경적소리가 화음을 이뤘다. 자신이 오케스트라의 지휘자라도 된 것 같았다. 흘낏, 백미러를 보니, 한 운전자는 유리창 밖으로 얼굴을 내밀고 욕설을 퍼붓고, 다른 운전자는 허공에 대고 중지를 높이 세우고 있었다.

어릴 적 하루코는 할머니 밑에서 자랐다. 건축업을 하던 아버지는 전국을 떠돌았다. 어머니는 일찌감치 집을 나가서 얼굴조차 몰랐다. 할머니의 말에 따르면 아버지의 주벽 때문이라고 했다.

어릴 때부터 바퀴가 좋았다. 열 살 때 처음으로 자전거를 탔다. 이웃집 오빠가 자전거를 타고 마을 초입의 탱자나무 울타리를 지나올 때면 바큇살에 햇살이 튕겨 오르는 것 같았다. 매일같이 집 밖에 나와 호기심 어린 눈으로 보자 오빠가 자전거 타는 법을 가르쳐줬다. 처음에는 오빠가 자전거의 뒤를 잡아줬다. 오빠가 자전거에서 손을 떼자 자전거는 주정뱅이처럼 비틀거렸다. 그러다 이내 기우뚱 기울어 땅에 넘어졌다. 바닥에 박힌 사금파리에 무릎이 다쳐 피가 났다. 자전거는 큰데 다리 길이가 짧아서 페달을 돌리는 게 쉽지 않았다. 넘어지길 거듭한 끝에 자전거는 일직선으로 나아갈 수 있었다.

자전거를 타고 대로변까지 나가 봤다. 부는 바람에 가로수들이 물결쳤다. 햇빛을 받은 신록의 은사시나무들이 금빛으로 출렁였다. 눈이 부셔 눈을 뜨고 있어도 눈을 감고 있는 것만 같았다. 시간이 멎은 것만 같았다. 아니, 그대로 시간이 멎어도 좋을 것 같았다.

하루코는 할머니에게 자전거를 사달라고 했다.

"계집년이 무슨 자전차를 탄다고 그려."

할머니는 말도 끝나기 전에 손사래부터 쳤다. 하루코는 조르고 또 졸랐다. 하루코의 통사정에 지친 할머니가 장에 나갔다가 돌아오는 길에 중고 자전거를 사서 끌고 왔다. 하루코는 매일같이 자전거를 탔다. 얼마나 열심히 자전거를 탔던지 철마다 타이어를 바꿔야 할 정도였다.

하루코는 마지막으로 자전거를 탔던 날을 잊을 수 없었다. 할머니는 담배를 피우고 나서 가래를 뱉었다.

"낼모레는 니 애비한테로 가야 헌다."

하루코는 자전거를 타고 저수지로 갔다. 칼바람이 불어 귀가 떨어져 나갈 듯이 아렸지만, 열심히 페달을 돌렸다. 겨울밤이어서 저수지의 수면은 얼어붙어 있었다. 저수지 앞에 자전거를 세워놓고 차돌을 집었다. 돌을 던지자 저수지는 거대한 타악기처럼 쩡, 울었다. 다시금 돌을 집어던졌다. 쩡, 쩡, 저수지는 울음으로 화답했다. 하루코는 살얼음 낀 저수지의 표면에 비친 자신의 얼굴을 내려다봤다. 형체가 흐릿해서 자신 같기도 했고 타인 같기도 했다.

사거리에서 신호를 기다리는 동안 하루코는 거리의 네온사인을 바라봤다.

"가리베가스군."

혼잣말을 뇌까린 후 옆 좌석에 눕혀 놓은 베레타 총구를 매만졌다.

"빠꾸 개새끼."

창문을 열어 밖을 내다봤다. 네온사인 불빛은 꽃뱀의 문양처럼 화려했다. 총천연색의 네온사인이 삐끼처럼 사탕발림으로 유혹하고, 웨이터처럼 출입문을 활짝 열고 어서 옵쇼, 하는 것 같았다.

"불빛은 잘도 돌아가는군."

열네 살 때 하루코는 매일 롤러스케이트장에 갔다. 롤러스케이트장의 천장에는 만국기가 펄럭거렸다. 댄스곡의 리듬에 맞춰 롤러스케이트 바퀴는 잘도 돌았다. 앞으로 돌다가 지겨우면 옆으로 돌고, 그도 지겨우면 뒤로 돌고….

시골에서 서울로 전학을 가자 많은 애가 시비를 걸었다. 당시 하루코는 계모와 말다툼이 잦았다. 의붓어머니는 드러내놓고 이복동생과 차별대우를 했다. 어딘가 들끓는 화를 분출할 곳이 필요했던 하루코에게는 시비를 거는 상대가 우는 아이 빰을 때리는 격이어서 외려 고마웠다. 첫 싸움 상대는 전학 온 반의 짱이었다. 서울에는 공식적인 반장 외에도 비공식적인 반장이 있다는 것을 그때 처음 알았다. 전학 온 이튿날, 첫 수업이 끝나자 옆자리 앉은 애가 떨떠름한 표정을 지으며 말했다.

“누가, 너를 좀 보재.”

“누가?”

그 애는 손가락으로 교실 뒤를 가리켰다. 거기에는 빼빼로 과자처럼 삐쩍 마르고 키가 큰 계집애가 서 있었다. 다가가자마자 계집애가 뒤통수를 쳤다.

“전학을 왔으면 인사를 해야지.”

“인사는 어제 아침 조회 때 했잖아.”

계집애가 과장된 몸짓을 하며 웃었다.

“이년아. 그건 반 애들한테 한 거고, 나한테는 따로 인사를 해야 할 거 아냐.”

말이 끝나기 무섭게 계집애는 또 뒤통수를 때렸다. 이전보다 조금 더 강도가 셌다. 하루코는 대충 벌어지고 있는 상황을 이해할 수 있었다.

“내 머리에 함부로 손대지 마.”

계집애의 눈이 게슴츠레해졌다. 흰자가 많아서 더욱 발칙해 보이는 눈빛이었다.

“웃긴 년이네. 내가 손을 대든 발을 대든. 네가 뭘 어쩌겠다는 거야.”

하루코는 계집애의 귀에 대고 애인에게 귓속말하듯 작게 속삭였다.

“네 가랑이를 찢어버리겠다는 거야. 쫙.”

계집애의 눈이 전구 알처럼 동그랗게 바뀌었다. 놀란 기색을 감추기 위해 계집애는 침을 바닥에 뱉더니 팔을 걷었다.

“겁대가리 짱 박았군. 감히 나한테.”

다시 뒤통수를 치려고 계집애의 손이 허공에 올라갔다. 하루코는 계집애의 팔을 민 후 뺨을 후려쳤다. 한 대, 두 대, 세 대. 계집애의 볼이 빨개졌다. 이어서 계집애의 머리채를 잡았다. 무릎을 90도로 세웠다. 잡은 머리를 끌어와 무릎에 맞춰 찍었다. 한 번, 두 번, 세 번. 계집애의 코에서 주르륵, 코피가 흘러내렸다.

오래지 않아 서울에는 공식적인 학생회장 외에도 비공식적인 학생회장이 있다는 것을 알게 됐다. 점심시간을 알리는 차임벨이 울리고 교실 바깥에서 웅성거리는 소리가 났다. 교실 뒷문이 열리더니 한 계집애가 쇠파이프를 끌고 들어섰다. 바닥에 끌리던 쇠파이프에서는 날카로운 금속성 소리가 났다. 며칠 전 얻어터진 계집애가 기다렸다는 듯 일어서더니 애완견이 주인을 따르듯 쪼르르 교실 뒤로 갔다. 계집애의 옆에 바짝 붙어 서서 손가락으로 하루코를 가리켰다.

하루코는 도시락 뚜껑을 닫고 자리에서 일어났다. 계집애가 쇠파이프를 높이 들었다. 하루코는 허공을 가로질러 자신의 머리를 향하는 쇠파이프를 움켜잡았다. 곧바로 계집애의 명치를 발로 걷어찼다. 계집애는 쇠파이프를 뺏긴 채 바닥에 뒹굴었다. 쇠파이프를 내던진 후 바닥에 널브러져 있는 계집애에게로 갔다. 계집애의 얼굴을 걷어찼다. 페널티 킥을 차는 축구선수처럼 신중하게 딱 한 번.

서울에는 공식적인 동장뿐만 아니라 비공식적인 동장도 있었다. 하굣길이었다. 교문 앞에 요란한 복장의 남자애들이 모여서 담배를 피우고 있었다. 유심히 보니 자신한테 얻어맞아 눈두덩이 시퍼렇게 멍든 계집애들도 남자의 팔짱을 낀 채 무리에 섞여 있었다. 저희들끼리 뭔가 쑥덕이더니 한 남자애가 피우던 담배꽁초를 던졌다. 담배꽁초는 정확히 하루코의 발치 앞에 떨어졌다. 남자애가 이리오라는 손짓을 했다.

"네가 건드린 게 누군지 알아. 내 깔따구야. 그러니까 죽고 싶지 않으면 무릎 꿇고 빌어."

시끄럽게 떠들어대는 게 아무래도 무리의 대장인 듯했다. 하루코는 어깨에 멘 가방을 던지고 단거리선수처럼 전속력으로 달렸다. 남자애의 앞에서 도움닫기를 하고 껑충 뛰었다. 무릎을 세워 정확히 명치를 때렸고, 곧바로 팔꿈치로 정수리를 내리쳤다. 의성어로 표현하면 하루코의 연속동작은 타닥, 남자애의 반응은 철퍼덕, 이라고 할 수 있었다.

비공식적인 반장, 학생회장, 동장은 하루코를 자신들의 대장으로 추대했다. 하루코가 공부를 잘하거나, 못하더라도 열심히 하려는 의지가 있었다면 그 애들을 잘 타일러 독서실이나 도서관으로 갔을 텐데, 초등학교에 입학한 이래 반에서 단 한 번도 꼴등을 놓치지 않은 하루코였던 터라 하이틴 드라마에나 나올 법한 그런 건전한 일은 일어나지 않았다.

그 애들이 하루코를 롤러스케이트장으로 데려갔다. 롤러스케이트장의 출입문을 열자 사방에서 음악 소리가 물결쳤다. 현란한 전자음향에 맞춰 손을 잡고 롤러스케이트를 타는 아이들. 부연 흙먼지 이는 운동장에서 아이들이 바람 빠진 축구공만 쫓아다니던 시골 학교의 풍경과는 너무나 달랐다. 롤러스케이트장은 별천지였다. 천장을 올려다보니 운동회 때나 볼 수 있던 만국기가 펄럭거렸다. 그런데 그 만국기들의 색깔을 더욱 선명하게 하는 빛이 어디선가 날아오고 있었다.

하루코는 그 빛이 날아오는 발원지를 찾았다. 디제이가 레코드를 들고 춤을 추는 곳의 천장에 수박만 한 크기의 유리구슬이 걸려 있었다. 그리고 그 옆에는 문어발처럼 생긴 여러 개의 구멍이 있는 조명에서 다채로운 빛깔이 쏟아져 나왔다. 저도 모르게 탄성이 입 밖으로 비어져 나왔다.

롤러스케이트 타는 법을 익히기 위해 몇 번이나 엉덩방아를 찧어야 했다. 어떤 날에는 넘어져서 발목이 삐기도 했다. 점차 넘어지는 횟수가 줄어들었고, 그러다가 친구의 도움 없이 롤러스케이트장을 한 바퀴 완주할 수 있게 됐다. 롤러스케이트장에 출입한 지 한 달 정도 지나자 하루코는 신발보다도 롤러스케이트가 편하게 느껴졌다.

모든 바퀴는 한번 속도가 붙으면 멈추기 어렵다. 더 빨리 달리려고만 한다. 모든 바퀴는 회전할 때 중심축이 생긴다. 빠른 속도에서 회전하다 보면, 중심축에서 멀리 나가려는 의지와 안착하려는 의지가 상충하게 된다. 구심력이 원심력을 이기지 못할 때 사고가 터진다. 어어, 하다 보면 퍽, 부딪치게 되고 그러면…. 대부분 충돌사고는 폭력사태를 동반한다.

롤러스케이트장에는 비공식적인 구청장들이 많아서 하루코에게는 싸울 일이 잦았다. 때로는 여자가, 때로는 남자가 시비를 걸었다. 하루코에게는 1분도 걸리지 않는 상대들이었다. 여자서클, 남자서클 할 것 없이 일대 구청장들이 한 달 만에 하루코에게 무릎을 꿇었다. 더러는 염산을 들고 설치는 년도 있었고, 날이 선 잭나이프를 꺼내서 위협하는 놈도 있었다.

겁먹은 고양이가 먼저 발톱을 세우기 마련이다. 무기를 든 상대를 만나면 하루코는 한발 다가가서 맞섰다. 칼을 든 놈에게는 쑤셔보라고 배를 걸어 보였고, 염산을 든 년에게는 던져

보라고 얼굴을 들이밀었다. 우물쭈물하다가 상대는 결국 하루코의 주먹이나 발에 작살이 났다.

빠꾸를 만난 것도 롤러스케이트장에서였다. 청바지 모델처럼 엉덩이를 뒤로 뺀 채 Z자를 그리며 롤러스케이트장을 돌고 있는데, 출입문이 시끌벅적했다. 아이들이 빠꾸 앞에 모여들더니 고개를 숙여 인사를 했다. 허리가 들어갈 만큼 통이 넓은 바지를 입은 빠꾸가 건성으로 인사를 받으면서 롤러스케이트장을 훑어보았다. 하급부대 시찰을 나온 장성급 장교처럼 거만한 태도였다. 한 놈이 부리나케 입구 쪽으로 뛰어가서 롤러스케이트를 가져왔다. 빠꾸가 신발을 벗고 롤러스케이트를 신었다.

때마침 하루코가 코너를 돌고 있어서 빠꾸와 마주치지 않을 수 없었다. 둘이 충돌하기 일보 직전 하루코는 빠꾸의 다리 위로 번쩍 뛰어올랐다가 안전하게 착지했다. 그 자리에서 하루코의 롤러스케이트는 빙글빙글 돌았다. 무서운 속도로 자전하는 중성자별처럼. 팔을 움츠리고 회전을 빨리하는 피겨스케이팅 선수처럼. 빠꾸의 얼굴이 새빨개졌다.

"어디서 가랑이를 벌리고 지랄이야. 왜 내가 한 코 따 줄까?"

"딸 수 있으면 따 봐."

하루코는 콧방귀를 뀐 뒤 팔꿈치를 들어 주먹을 쥐어 보였다. 뭐나 먹으라는 뜻이었다. 유연한 자세로 롤러스케이트를 타는 하루코를 빠꾸가 뒤쫓으며 욕설을 퍼부었다.

달리는 것들은 제 존재를 증명하기 위해 소리를 낸다. 소리가 클수록 빨리 달린다. 하지만, 사람은 다르다. 말 많은 것들치고 센 놈 없다.

하루코는 롤러스케이트를 신은 채 여자화장실로 들어갔다. 여자화장실 안까지 쫓아온 빠꾸가 하루코가 들어간 화장실 앞문을 발로 걷어찼다.

"너는 문밖으로 나오는 순간 뒈지는 줄 알아."

빠꾸의 욕설이 이어지는 동안 하루코는 변기에 쪼그리고 앉아 롤러스케이트를 벗었다. 롤러스케이트를 벗자마자 문짝을 걷어찼다. 무방비 상태에서 문짝에 맞은 빠꾸가 벌러덩 자빠졌다. 하루코는 롤러스케이트 하나를 바닥에 던졌다. 그리고 넘어진 빠꾸에게 손을 내밀었다. 빠꾸가 그 손을 잡고 일어서려고 했다. 하루코는 들고 있던 롤러스케이트로 일어서는 빠꾸의 머리를 쳤다. 놀이공원의 스프링 달린 말처럼 롤러스케이트가 튕겨 올랐다. 하루코는 롤러스케이트를 정조준해서 다시 내려쳤다. 빠꾸의 머리에서 피가 솟구쳤다. 피범벅이 된 빠꾸의 머리를 뒤로 젖힌 뒤 귓속말을 했다.

"왜 내가 한 코 따 줄까?"

하루코는 손에 묻은 피를 바지에 쓱쓱, 문지르면서 화장실 밖으로 나왔다.

이튿날 롤러스케이트장이 발칵 뒤집혔다. 빠꾸는 악명 높은 써클의 멤버였다. 그 써클 멤버들은 소년원에서 나온 직후여서 노는 아이들 사이에서 명성이 자자했다. 취객을 터는 아리랑치기범에 불과했지만, 아이들의 세계에서는 별을 단 것이 무슨 훈장을 받은 것처럼 여겨졌다.

학교 앞에 놈들이 진을 치고 있다는 말이 들렸다. 친구들이 뒷담을 타고 도망가라고 충고했지만, 하루코는 당당히 교문 앞으로 걸어나갔다.

"네가 그렇게 싸움을 잘한다면서. 남자들까지 다 씹혔다면서."

키는 작지만, 몸이 다부지게 생긴 놈이 물었다. 피부가 까무잡잡해서 찢어진 눈이 더욱 날카롭게 느껴졌다.

"용건이 뭐야?"

하루코가 고개를 들어 올려봤다.

"며칠 전 내 친구가 당했다고 해서 왔어. 나도 핏덩이하고 붙고 싶진 않은데 그냥 넘어가는 건 더 쪽팔린 것 같아서 말이야."

하루코가 말없이 고개를 끄덕였다. 승룡이 먼저 걸었고, 하루코가 뒤따랐다. 둘은 인근 공터로 갔다. 하루코가 선방을 먹였다. 하루코의 주먹이 승룡의 턱에 작렬했다. 승룡은 머리가 돌아갔으나, 금세 정신을 차리고 반격의 태세를 갖췄다. 둘의 발이 허공에서 교차했다. 승룡이 조금 더 빨랐다. 승룡은 기회를 놓치지 않았다. 승룡의 두 발이 잇따라서 하루코의 몸에 꽂혔다. 다리인가 싶으면 머리고, 머리인가 싶으면 가슴이었다. 하루코는 가드를 올리고 막아보려고 했지만, 뒤통수를 맞은 후 시야가 흐릿해지더니 저도 모르게 무릎이 꺾이고 말았다. 서울에 올라와 비공식적인 반장, 학생회장, 동장, 구청장들을 만나기 전까지 하루코는 자신이 그렇게 싸움을 잘하는지 몰랐다. 뛰고 난다는 애들이 자신에게 무릎을 꿇었으므로 자기를 이기는 놈이 있다는 게 믿기지 않았다. 승룡은 이전에 만났던 것들과 배기량부터 달랐다. 놈은 지칠 줄 모르는 엔진과 빛처럼 빠른 스피드를 지니고 있었다. 바닥에 주저앉은 하루코는 열패감이 밀려왔다. 마음 같아서는 바닥의 모래를 한 줌 쥐어서 놈의 눈에 뿌린 뒤 역공을 하고 싶었지만 깨끗하게 패배를 인정해야 했다. 그게 이 바닥의 룰에 더 맞는 행동이었다. 양지의 세계가 머리로 싸우는 곳이라면, 음지의 세계는 몸으로 싸워야 하는 곳이다. 머리와 달리 몸은 거짓말을 할 줄 모른다. 따라서 승패도 명확하게 갈린다. 서 있는 놈은 이긴 거고, 자빠져 있는 놈은 진 거다. 무릎을 꿇은 채 고개를 떨어뜨린 하루코에게 승룡이 손을 건넸다.

"나는 여자 후배는 안 키워. 앞으로는 형이라고 불러라. 골목으로 나가거든 빠꾸에게 사과하고."

하루코는 낡은 건물 앞에서 차를 세웠다. 건물 외벽이 세월의 속진(俗塵)에 담뱃진처럼 노랗게 바랬다. 낡은 철골의 녹물이 외벽을 타고 흘러 내려서 B급 공포영화의 배경에나 적격일 건물이었다. 시계를 들여다봤다. 저녁 7시. 이제 곧 영업을 준비할 시간이다. 건물에 나란히 붙어 있는 간판들을 올려다봤다.

5층짜리 건물에는 다양한 사무실들이 입주해 있다. 보습학원, 피부비뇨기과 병원, 감자탕 식당, 호프, 부동산, 그리고 자신이 1년 넘게 대리운전을 하는 아프로디테스 차일드.

간판에서 눈을 떼고 하루코는 휴대폰을 꺼내서 판돌이에게 전화를 걸었다.

"판돌아. 눈탱이 괜찮냐?"

"눈탱이 밤탱이지."

"출근은 했어?"

"대기실에서 전화받는 거야."

"잠깐 나와. 가게 앞이야."

전화를 끊은 뒤 하루코는 승룡에게서 빌린 베레타를 트렁크로 옮겼다. 오래지 않아 밥 말리처럼 치렁치렁한 레게머리를 한 판돌이가 신호등 앞에 서서 손짓했다. 검은 슈트에 고글 형태의 검은 선글라스를 쓰고 있었다. 신호가 바뀌자 부리나

케 뛰어오는 판돌이가 귀엽게 보였다.

"네가 스티비 원더냐? 밤에 웬 선글라스야?"

판돌이가 선글라스를 벗어 판다처럼 시퍼레진 눈을 보여줬다.

"쪽팔리니까 썼지. 알면서 뭘 물어."

하루코가 판돌이의 목을 팔에 건 후 멍든 눈을 때리는 시늉을 했다.

"너 약 올리려고."

판돌이가 목을 빼내려고 하자 하루코가 더욱 팔을 옥죄었다.

"꼴좋다. 그러고 손님 받을래?"

"몰라. 아무렴 어때. 어차피 막장 인생."

"오! 세게 나오는데."

하루코는 판돌이의 목을 옥죄는 팔을 풀어준 뒤 가죽 재킷을 벗었다.

"판돌아, 기분도 구린데 나랑 드라이브나 하자."

하루코가 달리는 야생마 무늬가 새겨진 핸들에 한 손을 얹고, 다른 한 손으로 기어를 풀었다. 차가 시동이 걸리자 판돌이가 시디플레이어를 작동시켰다. 노래가 흘러나오자 하루코가 시디플레이어를 정지하고 심각한 표정을 지으며 물었다.

"불새와 떨이는?"

"둘 다 안 나왔어. 걔들도 비 오는 날 먼지 나게 터졌잖아. 게다가 떨이는 게이잖아. 여자나 마찬가진데 빰을 얻어맞았으니 얼마나 가슴에 스크래치가 크게 났겠어. 아무래도 둘 다 그만둘 것 같아. 어쩌다 우리가 이렇게 됐지?"

"오까네가 좆까넨거야. 너희 마이킹 당겨썼잖아. 게다가 빠꾸 새끼가 너희한테 받는 이자가 얼마냐? 그게 바로 마술인거야. 사채의 매직. 돈의 노예가 된 거지. 그래서 오까네가 좆까넨거야."

"근데, 어디가?"

"대부도."

"대부도! 거기까지 갔다가 언제 오려고."

"왜 겁나? 아까는 어차피 막장 인생이라더니. 걱정하지 말고 내가 시키는 대로 해. 우선 핸드폰 꺼놓고 나랑 대부도 가서 바람 쐰 뒤 집으로 가. 그리고 발 뻗고 푹 자."

판돌이의 눈이 휘둥그레졌다.

"무슨 사고를 치려고 그래."

"내가 다 생각이 있으니까 자세한 얘기는 소주나 한잔하면서 하자고."

월곶 인터체인지에 다다랐을 때 판돌이는 의자를 뒤로 젖히고 코를 골고 누워 있었다. 하루코는 시화방조제 입구에서 차를 세웠다. 낮부터 하늘에 먹구름들이 껴 있더니 비가 내리고 있었다. 일개미의 행렬처럼 줄지어 선 차량의 헤드라이트 불빛들이 장관을 이뤘다. 그 형형색색의 불빛들이 비 내리는 시화호에 비쳐 흘렀다. 이제 곧 질 줄 모르고 환하게 피어서 자태를 뽐내는 봄꽃들의 향연처럼 어딘가로 흘러만 가는 불빛들. 하루코는 비 오는 하늘을 올려다보고, 달리는 차를 보고, 다시금 다리 밑에 흐르는 불빛을 봤다. 그 빛들이 오래된 기억처럼 아득하게 여겨졌다.

하루코가 모터사이클을 처음 탄 것은 열일곱 살 때였다. 학교에서 잘리고 자의반타의반 집에서 나온 뒤 하루코는 승룡의 패거리들과 어울려 지냈다. 마땅히 정해진 숙소도 없었다. 일어나 보면 매번 천장이 바뀌어 있었다. 대부분은 여관방이나 쪽방 천장이 눈에 들어왔지만 더러는 드넓은 하늘이 보일 때도 있었다. 공원 벤치에서 노숙을 한 날이면 뼛속 깊이 한기가 느껴졌다. 전날 수입에 따라 이튿날 아침이 결정됐다. 아리랑 친 아저씨의 지갑이 두툼하면 여관방에서 아침을 맞을 수 있었고, 아저씨의 지갑이 가벼우면 소주로 몸을 데우고 노숙을 할 수밖에 없었다.

승룡이 모터사이클을 팔기 시작하면서부터 패거리들의 생활이 조금 나아졌다. 승룡이 모터사이클을 훔칠 때마다 하루코도 함께 했다. 절단기로 묶어 놓은 체인을 끊고 원키라고 불리는 만능열쇠를 돌리자 시동이 걸렸다. 더러는 원키가 말을 듣지 않을 때도 있었는데 그럴 때는 키 박스를 깨고 줄을 끊어서 연결하면 곧바로 시동이 걸렸다.

훔친 모터사이클들은 아는 장물아비에게 팔아넘겼다. 모터사이클 한 대당 수십만 원씩 받았다. 팔지 않은 모터사이클은 빽치기하는 데 쓰였다. 백화점이나 은행에서 지갑이 두둑한 물건을 미리 점찍었다. 물건이 건널목에 서 있을 때 모터사이클이 다가갔다. 한 명은 운전을 하고, 한 명은 백을 낚아챘다. 백을 낚아챔과 동시에 모터사이클은 빛의 속도로 도로를 빠져나갔다.

수입이 많아지면서 패거리들은 점차 모터사이클에 대한 관심이 시들해졌다. 그저 돈을 버는 기계로만 여기는 눈치였다. 하지만, 하루코는 달랐다. 하루코의 애마는 시동을 걸면 연기와 함께 굉음을 내면서 질주하는 500cc 혼다였다.

하루코는 1주일에 한 번씩 남산을 찾았다. 오르막과 내리막이 적당히 놓여 있는 남산의 도로는 드라이브 코스로는 제격이었다. 남산 길을 달리다 보면 종종 다른 모터사이클들도 만났다.

라이더는 크게 두 부류로 나뉜다. 엎어지는 놈과 자빠지는 놈. 엎어지는 놈들은 마음이 급한 놈들이다. 더 빨리 목적지에 당도하고 싶어 안달한다. 배기량이 좋아서 굉음을 내며 질주하는 경주용 모터사이클을 타는 놈들은 자연스럽게 앞으로 엎어지게 돼 있다. 완충기가 뒤로 올라가 있고, 핸들은 좌석보다 아래에 있기 때문이다. 그런가 하면, 자빠지는 놈들은 전혀 급할 게 없다는 태도를 보인다. 할리 데이비드슨을 모는 놈들이 그렇다. 좌석보다 핸들이 위로 솟아 있기 때문이다.

라이더들 사이에서 할리 데이비드슨을 모는 놈들은 선망의 대상이 됐다. 할리 족들은 대부분 떼를 지어 다녔다. 그들이 지나가면 여기저기서 할리 데이비드슨 특유의 말발굽 소리가 났다. 타다닥, 할리 데이비드슨의 배기음을 들으면 황량한 들녘을 맨발로 도망가는 노예를 말을 타고서 궁지로 몰아가는 주인이 떠올랐다. 여유롭게 안장에 앉아서 멀리 도주하는 흑인 노예를 관망하다가 말의 잔등에 가죽채찍을 철썩 내리치는, 한 손에는 장총을 든 백인 주인이. 소리도 소리거니와 우뚝 솟은 핸들이며 자동차 시트만큼이나 큼지막한 좌석이며 할리 데이비드슨은 보기만 해도 위압감이 절로 들었다. 모터사이클 한 대에 수천만 원씩 하니 기실 할리 족들은 돈방석에 앉아 있는 셈이라고 할 수 있다. 그래서인지 할리 족들의 자세는 어딘지 모르게 오만해 보였다. 뭐랄까, 이탈리안 샹들리에 체위를 즐기는 놈 같다고나 할까. 그것도 올라탄 여자의 엉덩이를 이따금 한 번씩 손바닥으로 후려치는.

하지만, 하루코는 할리 족을 부러워하지 않았다. 질주하는 데는 관심조차 없고 어깨에 힘을 주느라 바쁜 할리 족들은 진정한 라이더라 할 수 없었다. 할리 데이비드슨도 그저 허세를 부리는 장식품에 불과해 보였다.

라이더는 달리는 이. 따라서 라이더라면 마땅히 두 바퀴의 회전력에 몸을 맡길 줄 알아야 한다. 모터사이클 몸체 위에 납작 엎드려서 풍속(風速)의 저항을 최소화할 줄 알아야 한다. 바람과 섞여 속도와 하나가 된 뒤에야, 온전하게 풍속을 잊은 뒤에야 풍속을 이길 수 있다.

모터사이클을 몰다 보면 자연스럽게 경주가 붙게 됐는데 하루코는 매번 선두를 놓치지 않았다. 할리 데이비드슨도, 가와사키도, 야마하도 하루코의 혼다 앞에서는 기를 펴지 못했다. 하루코의 모터사이클은 바람보다 먼저 출발해 바람보다 먼저 도착했으므로.

모터사이클이 일정한 속도에 다다르면 주변의 풍경이 흐려진다. 일직선으로 서 있는 가로수들이 둥글게 휘어진다. 나중에는 반대편 가로수들과 이어져 둥근 터널을 만든다. 자궁처럼 둥근 터널에 진입하면 속도감을 잊게 된다. 바퀴가 지면 위로 살짝 비상하는 것 같은 느낌이 들 때 주변의 풍경들은 정물이 된다. 그렇게 홀연히 시간이 멎는다. 길게 이어진 길이 맨홀 같은 곳으로 들어가 숨어버린다. 그때부터는 아무리 액셀러레이터를 당겨도 속도 계기판의 바늘만 올라갈 뿐 몸은 속도를 느끼지 못한다. 커브 길을 돌 때는 관성처럼 몸의 반대 방향으로 핸들이 움직인다. 나중에는 모터사이클이 스스로 운전되고 있는 것 같은 착각이 든다.

속도는 모든 풍경을 빠르게 사라지게 한다. 속도감마저도 사라지게 하고, 그 속도를 즐기는 자신마저도 사라지게 한다. 지나쳐가는 것, 그리하여 깨끗이 잊히는 것이 바로 속도의 본질이다.

한 번 잘못 들어선 길은 끝 간 데까지 간 뒤에야 낭하를 보게 된다. 승룡의 패거리들이 줄줄이 달려가는 일이 생겼다.

빠꾸가 으슥한 골목에서 취객의 주머니를 털다가 현장범으로 붙잡혔다. 승룡이 혼자서는 일을 벌이지 말라고 당부했지만 빠꾸는 말을 듣지 않았다. 자신의 빠른 발을 믿었던 모양이다. 빠꾸는 도망을 잘 가서 붙은 별명이었다. 싸움이 났을 때나 아리랑을 칠 때 빠꾸는 제일 먼저 골목을 빠져나갔다. 그러나 그날만큼은 그러질 못했다. 경찰의 호루라기 소리를 듣는 순간 다리가 떨어지지 않았다고 한다. 혼자일 때는 빠꾸의 빠른 발도 굳어버려서 무용지물이 되는 모양이었다. 끌려간 빠꾸는 경찰이 머리를 내려칠 때마다, 뺨을 올려붙일 때마다, 나중에는 소리를 지를 때마다 친구의 이름을 댔다.

승룡의 패거리들은 세트 상품처럼 묶였고, 공소장에는 공범으로 나란히 이름이 올랐다. 그들이 머물던 집을 수색한 경찰들은 몇 대의 모터사이클을 발견한 뒤 특수강도 외에도 특수절도죄를 추가했다.

하루코는 초범이었기 때문에 정상참작이 돼 6개월 만에 집행유예를 받고 구치소를 나올 수 있었다. 구치소에 있는 동안 면회를 온 가족은 할머니뿐이었다. 경찰서에서 어쩔 수 없이 아버지를 만나야 했다. 아버지는 호적에서 이름을 지워버리겠다는 말만 되풀이했다. 출소하는 날에도 어떻게 알고 찾아왔는지 할머니가 두부를 들고 서 있었다.

차가 대부도에 다다르자 판돌이가 기지개를 켰다. 입이 찢어지게 하품을 한 뒤 시계를 봤다.

"엄청 밟았나 보네."

가만히 보니 판돌이의 손목에 낡은 세이코 시계가 채워져 있었다.

"네 시계 세이코지? 내 거랑 비슷하게 생긴 거 같다."

판돌이가 손목을 채가더니 시계를 유심히 봤다.

"그러네. 이거 제법 오래된 건데. 누나는 여자가 무슨 남자 시계를 차고 다녀."

하루코는 쓴웃음을 지었다.

"옛날 애인이 차던 거야. 그건 그렇고 얼른 차에서 내려. 나가서 소주나 빨자."

둘은 가까운 횟집으로 향했다. 하루코는 가게에 들어가자마자 바다가 보이는 창가에 앉았다. 훤히 드러난 갯벌 저 멀리서부터 밀물이 밀려오고 있었다. 밀물을 맞으면서 이리저리 흔들리는 배들이 보였다. 점처럼 작게 보이는 배들은 부표처럼 떠서 수위(水位)를 지우고 있었다. 하루코가 잔에 소주를 따랐다.

"열 받지? 빠꾸 새끼."

"죽이고 싶지."

"새끼, 주둥이만 살아서."

"이나 저나 말도 없이 일을 빠져서 어떡하지?"

"걱정하지 마. 내가 다 생각이 있으니까."

"뭘 어떻게 한다는 거야? 누나도 당했다면서."

하루코는 얼굴이 달아올랐다. 어제 일인데 그새 소문이 난 모양이었다. 하루코는 소주잔을 들어서 입에 털어 넣었다.

가게 매상이 떨어졌다고 빠꾸가 애들을 모아놓고 푸닥거리를 했다. 선급을 많이 갖다 쓴 불새, 매상 실적이 저조한 판돌이, 2차를 나가지 않는 떨이가 빠꾸의 주요 표적이 됐다. 화류계를 돌기에는 이미 퇴물이 된 놈들이었다. 아빠방이라고는 하지만 선수들의 평균 나이는 30대 초반이었다. 늙다리들은 놈들뿐이었다. 빠꾸는 주먹으로 놈들의 얼굴을 때리고 구둣발로 정강이를 걷어찼다. 놈들은 잔뜩 주눅이 든 얼굴을 하고

서 매를 맞아야 했다. 나중에는 빠꾸가 닥치는 대로 재떨이와 술잔을 집어던졌다. 참다못한 불새가 빠꾸를 밀치고 뛰쳐나가자 판돌이와 떨이도 그 틈을 이용해 자리를 피했다.

오래전부터 빠꾸는 가게를 찾는 손님들에게 2차 자리를 알선해줬다. 그러던 것이 언젠가부터 숫제 가게 한쪽에 룸을 마련하고 애들을 밀어 넣었다. (아빠방을 여성전용 매음굴로 만들 모양인지) 선수들한테 얘길 들어보니 안마하는 법을 배우라고까지 종용했다. (빠꾸는 숫제 가게를 여성전용 안마시술소로 바꿀 계획인지) 애들의 의중 같은 것은 중요치 않았다.

보다 못한 하루코가 참견을 했다. 매상실적이 좋지 않다는 이유로 어린놈들한테 괄시를 받는 것도 불쌍한데, 빠꾸한테 매까지 맞았다고 생각하니 놈들이 가엾게 느껴졌다. 하루코는 간판불을 내리자마자 빠꾸를 찾았다. 빠꾸는 룸에서 로열살루트 21년산을 온더록스 글라스에 따라 마시고 있었다.

"조금 심한 거 아냐. 아무리 화류계 막장까지 왔다지만 걔들도 선수들인데 체면이라는 게 있지 않겠어?"

빠꾸가 눈을 흘겼다.

"오지랖 넓기는. 대리운전하는 주제에 무슨 참견이야."

빠꾸의 얼굴이 구겨지는가 싶더니 가방에서 뭔가를 꺼냈다. 하루코는 애들 외상값을 적어둔 가게 장부를 꺼내겠거니 생각했다. 하지만, 가스총이었다. 독한 최루가스가 얼굴에 정면으로 날아왔다. 하루코는 눈이 따갑고 얼굴이 화끈거려서 고개를 숙일 수밖에 없었다. 그 틈을 놓치지 않고 빠꾸는 로열 살루트 병을 들어서 하루코의 뒤통수를 내리쳤다.

"죽고 싶어 환장을 했냐. 네가 뭔데 참견이야."

빠꾸는 고래고래 소리를 지르면서 주먹질을 멈추지 않았다. 하루코는 여전히 눈이 매워서 뜰 수 없었다.

담배에 불을 붙인 뒤 하루코는 바닷가를 바라봤다. 어느새 갯벌에 물이 차서 지평선은 보이지 않았다. 비까지 내려서 하늘과 땅이 모두 젖어 있었다. 남녀의 연애라는 것도 갯벌에 밀물이 들고 썰물이 빠져나가는 것과 별반 다르지 않다는 생각이 들었다.

사람들은 몸을 섞음으로써 온전하게 죽음을 경험한다. 축축한 혀와 혀가 엉켜 몸에는 물이 흥건히 고이기도 하고, 뜨거운 가슴과 가슴이 부딪혀 몸에는 화톳불이 타오르기도 한다. 사지가 찢어지는 것 같은 고통의 몸짓 속에서만 느껴지는 쾌락. 갈망하는 눈빛으로 달아오른 몸이 내지른 희열의 탄성으로 무너져 내릴 때 남녀는 온전히 하나가 된다. 서로가 서로에게 순장물이 되어주는 순간이다. 정점에 다다르면 몸은 슬픔에 진저리친다. 모든 몸의 감각을 닫고 시공간이 사라져 버리는 순간을 경험하는 것이다.

"네가 좋아한다는 기타리스트가 누구지? 왜 이른 나이에 뒈졌다는."

판돌이가 불판 위 조개를 뒤적이면서 대답했다.

"말을 해도 뒈졌다가 뭐야. 절명했다고 하면 좋을 것을. 토미 볼린."

"그놈 언제 죽었다고 했지?"

"1951년에 태어나 1976년에 갔어."

디제이 출신 티를 내는 판돌이에게 하루코가 담배 연기를 내뿜은 뒤 신경질적으로 말했다.

"그러니까, 몇 살에 갔냐고?"

"스물다섯 살."

"그럼, 너는?"

"근데 그걸 왜 물어? 새삼스럽게."

"내가 왜 묻겠어?"

하루코가 담배꽁초를 재떨이에다 비벼 끈 뒤 말을 이었다.

"걔는 딴따라니까, 그것도 세계적인 딴따라니까 노래를 남겼잖아. 자신만의 기타주법을. 그래서 여전히 수많은 팬이 있는 거고. 한 번 생각해봐. 걔가 죽었을 때 나이보다 네가 몇 살이 많아. 너무 늙었다는 생각이 들지 않아. 사람도 차와 똑같아서 언젠가는 엔진이 멎게 돼 있어. 연식이라는 게 있다고. 이미 너도 연식이 낡았다는 것은 알겠지? 그러니까 호빠가 아니라 아빠방을 돌고 있잖아. 화류계라는 게 뭐야? 꽃을 판다는 거 아니냐? 봄꽃들은 성질머리가 급해서 이파리가 돋기도 전에 펴서는 금세 꽃잎이 벌어져 버려. 그리곤 화르르 흩날려 버리지. 나무들은 그 꽃의 기억으로 한 해를 버티는 거야. 꽃빛깔의 열매가 맺힐 때까지. 우리도 다르지 않아. 금세 피고 져. 어떤 장사고 끝물에는 떨이를 치게 돼 있어. 네 모습이 그렇잖아. 남은 게 뭐가 있어?"

"그야 뭐 그렇지. 그런데?"

판돌이가 하루코를 물끄러미 바라봤다.

"그래서 하는 말인데 인제 그만 이 일을 접든지 아니면 일의 패턴을 바꾸든지 해야 할 것 아니냐는 거야."

"패턴? 패턴을 어떻게 바꾼다는 거야?"

"너 이 가게 와서 얼마나 벌었어?"

"그야 뭐 빚만 있지. 3천만 원. 처음에 마이킹 쓴 거에 이자까지."

"그럼 다른 애들은? 불새, 떨이는 사정이 좀 괜찮대?"

"불새는 나보다 빚이 더 많을 거야. 손맛 보느라 마이킹을 많이 갖다 썼으니까. 그나마 떨이는 빚은 없어."

"너랑 불새는 왜 빚밖에 없을까?"

"그야 뭐 누나 말대로 오까네가 조까네니까 그렇지."

"그렇지, 오까네를 좆같이 돌리는 게 누구야."

"그야 뭐 사장이지."

"그렇지, 빠꾸 새끼지. 그럼 어떻게 해야겠어?"

"뭘?"

"이 일을 계속할 거면, 다른 가게 알아보든지 아니면 사장을 바꿔야 할 거 아냐."

"사장을 누구로 바꿔?"

잠시 침묵이 흘렀다. 그 사이 조개가 불판 위에서 입을 쫙 벌리고 속살을 드러냈다. 둘은 말없이 계속해서 술잔을 주고받았다. 상 위에 소주병이 점차 늘어나더니 네 병이 됐다. 둘은 술집을 나와 다시 차로 향했다.

안전벨트를 매려는 판돌이의 성기를 하루코가 손을 뻗어 우악스럽게 움켜쥐었다. 판돌이가 소스라치게 놀랐다.

"성공하는 사람들의 공통점이 뭔지 알아? 바로 장인 정신이야. 너도 아마추어리즘에서 벗어나서 프로페셔널한 다꽝이 돼야 할 거 아냐? 네가 좋아하는 딴따라처럼 국제적인 수준이. 걔는 기타로 오토바이를 타고, 너는 다꽝으로 오토바이를 타고."

"아이, 짜증 나게 왜 그래. 안 그래도 사장한테 터져서 기분 뭣 같은데."

하루코가 다시 판돌이의 성기에 손을 뻗쳤다. 둘의 눈길이 섬광처럼 부딪쳤다. 하루코의 손길이 점차 빨라졌다. 청바지를 뚫을 기세로 판돌이의 성기가 커졌다. 하루코가 청바지 지퍼를 내렸다. 하루코가 상체를 굽혔다.

구치소에서 나온 뒤 하루코는 무엇을 해야 할지 몰라 정처없이 떠돌았다. 승룡의 패거리들이 감옥에 있었기 때문에 어울릴 친구도 없었다.

여기저기서 쩝쩍거리는 놈이 많았다. 자신이 담배꽁초처럼 느껴질 정도였다. 쭉쭉 빠는 놈, 질겅질겅 씹어대는 놈, 남이 버린 것만 주워서 피우는 놈, 여럿이 돌려서 피우는 놈들, 세상에는 별의별 잡놈들이 다 있었다. 어떨 때는 몸을 태워서라도 그놈들의 폐부 깊숙이 들어가 독한 연기가 되고 싶었다. 기관지와 폐에 달라붙어서 천천히 그놈들의 몸을 잠식하고 싶었다.

그런가 하면 마음만 한 번 돌리면 여자로 산다는 것은 아주 쉬운 일이었다. 실실 웃다가 적당한 때가 되면 누워서 가랑이를 벌리면 됐다. 어릴 때부터 섹스에 대해서는 인심이 후한 하루코였다. 남자들이 온몸이 달아서 껄떡거릴 때마다 어차피 한 번 준다고 닳는 것도 아닌데 하는 생각에 먼저 훌훌 옷을 벗어 던지곤 했다. 하루코는 남자의 생리를 잘 알고 있었다. 발기한 성기는 벽이라도 뚫을 기세로 달려들지만, 사정하고 나면 언제 그랬냐는 듯 흐물흐물해졌다. 질 안에서 남자들은 아이가 됐다. 나지막한 신음을 내뱉고 나면 어깨가 축 처지는 가여운 존재들. 그게 남자였다. 이목구비의 선이 곧고, 몸이 공처럼 탱탱했던 하루코는 아가씨 장사를 하는 어디서고 환영을 받았다. 그렇게 흘러간 곳이 일본의 룸살롱이었다.

일본 술집도 한국 술집과 다를 바 없었다. 술잔이 비면 술을 따르고, 적당히 교태를 부리면 됐다. 일본어가 늘수록 단골 손님도 많아졌다. 돈은 버는 족족 다 썼다. 몸에 걸치는 모든 걸 명품으로 도배했고, 틈틈이 함께 일하는 여자애들과 호스트바에 놀러 가기도 했다. 룸살롱에서 받은 수모를 호스트바에서 돌려줬다. 룸살롱에서는 술을 따라줬고 호스트바에서는 술잔을 받았다. 그렇게 주고받으면서 5년이 흘러갔다. 대부분 술에 취해서 흥청거렸고, 정신이 깨어 있을 때는 속이 쓰렸다. 휴일에는 잠만 잤다. 화류계의 청춘이라서 시간은 잘도 흘러갔다.

문제는 항상 사람이었다. 친하게 지냈던 여자애가 돈이 필요하다고 해서 보증을 서줬던 게 화근이 됐다. 여자애가 일본어로 된 문서를 내밀었을 때 하루코는 대수롭지 않게 여기고 서명을 해줬다. 하루코는 일본어를 읽을 줄 몰랐기 때문에 그 문서에 어떤 내용이 담겨 있는지 알 수 없었다. 며칠째 야쿠자 몇 놈이 찾아와 으름장을 놓자 그 애는 종적을 감췄다. 빚 독촉에 못 이겨 잠수를 탄 것이다.

그 애가 사라지자 하루코가 놈들의 표적이 됐다. 야쿠자 놈들이 말한 바로는 여자애가 진 빚은 몇 년간 술을 따르고 몸을 팔아도 모자랄 액수였다.

하루는 놈들이 업소로 찾아와서 하루코에게 협박을 했다. 하루코는 손님들이 빠져나간 룸에서 남은 양주를 비우고 있었다. 놈들은 빚보증 서류를 들이대면서 빨리 돈을 준비하라고 했다. 서류에는 분명히 자신의 이름이 쓰여 있었다. 술에 취한 하루코는 뵈는 게 없었다. 놈들의 서류를 낚아채서 집어 던졌다.

"코노 바카야로."

하루코가 바보 같은 놈이라고 욕하자 일순 놈들의 얼굴이 험악해졌다. 여기저기서 욕설이 쏟아져 나왔다.

"쿠솟타레."

"칭카스."

놈들의 욕은 고작 똥싸개와 쓰레기에 지나지 않았다. 잭나이프처럼 날카롭게 생긴 깡패들이 어린애나 쓸법한 욕을 하는 게 우스웠다. 하루코는 일본은 섬나라여서 예부터 와(和)를 중시한다는 말을 손님한테서 들은 적이 있었다. 화합하지 않으면 결국 누군가는 섬 밖 바다로 밀려나야 하기 때문이라고 했다. 그래서 일본어에는 심한 욕설이 없다고 했다. 하루코는 웃기는 소리라는 생각이 들었다. 화합을 중시하는 점잖은 나라에 헨타이(變態)가 그렇게 많단 말인가? 일본인들 중에는 돈만 내면 뭐든지 할 수 있다고 생각하는 놈들이 많았다. 그런 놈들은 2차를 나가면 하나같이 온갖 변태적인 체위를 요구했다. 하루코가 한국인인 것을 알고서는 태도가 바뀌는 놈들도 많았다. 놈들은 노예라도 대하듯이 아무렇게나 행동했다. 그러니 일본인들의 와라는 것도 자기들만의 화합이라고 할 수 있었다. 하루코는 놈들을 향해 비실비실 웃으면서 소리쳤다.

"깡패새끼들이 그걸 욕이라고 하냐? 위선적인 새끼들. 그러니까 좆 달고 태어나서 여자 뒤꽁무니나 쫓아다니면서 공갈이나 치지. 발이 작아서 좆도 작은 이 쪽발이 새끼들아."

하루코의 입에서 한국말이 터져 나오자 놈들은 서로 멀뚱히 쳐다봤다. 쪽발이라는 말을 듣고 욕이라는 것을 짐작한 한 놈이 하루코의 뺨을 올려붙였다. 하루코의 고개가 돌아갔다. 놈은 하루코의 머리카락을 움켜쥐고 테이블 바닥에 내리찧었다. 하루코가 머리를 들었을 때 코에서 코피가 흘러내렸다. 손등으로 코피를 닦은 뒤 하루코는 테이블 위에 놓여 있던 맥주병을 집어 들었다. 그리고 테이블 모서리에 병을 깼다. 하루코는 상의를 벗어 던졌다. 젖가슴이 드러났다. 날이 서게 깨진 병으로 배를 그어댔다. 배에서 뚝뚝 피가 떨어졌다. 하늘색 스커트가 피로 물들었다.

"시팔 새끼들아. 나보고 왜 구경도 못한 돈을 갚으라고 지랄이야. 가진 거라고는 이 몸뚱이뿐이니까 어디다가 내다 팔아 먹던지 사시미 칼로 회 쳐 먹던지 너희 꼴리는 대로 해."

하루코는 화류계 생활에 지쳐 있었다. 화류계에서 스물다섯이면 지는 꽃에 해당하는 나이였다. 이 생활도 얼마 남지 않았다는 것을 잘 알고 있었다. 하루코가 자해를 하면서 고래고래 소리를 지르자 놈들이 한 걸음 물러났다. 그때였다. 거구의 사내가 문을 열고 들어왔다. 사내가 들어오자 놈들이 90도로 허리를 숙여서 인사를 했다. 사내는 막 달궈진 쇠처럼 단단해 보이는 인상이었다. 사내가 입을 뗐다.

"한국에서 왔냐?"

사내의 입에서 한국말이 흘러나왔다. 하루코는 뭔가에 홀린 것 같았다. 하루코가 아무 말도 못 하고 서 있자 사내는 부하 놈들에게 그만 나가보라고 말했다. 놈들은 다시 정중하게 인사를 하더니 물러났다. 사내가 테이블에 놓인 조니 워커 블루 라벨을 스트레이트 잔에 따르더니 입에 털어 넣었다. 사내는 다시 잔에 술을 따르더니 하루코에게 권했다.

"기분도 좆같을 텐데 마셔."

말끝에 사내가 웃었다. 하루코는 사내의 말이 싫지 않았다. 아니 어쩌면 사내가 싫지 않았는지도 모르겠다. 하루코가 술잔을 입에 털어 넣었다. 사내가 회색 슈트를 벗어 건네줬다.

"계속 젖가슴 드러내놓고 있을 거야? 우선 병원부터 가자."

사내가 하루코의 팔을 잡아끌었다. 하루코의 배 위로 스무 바늘 넘게 봉합사가 지나갔다. 봉합이 끝나고 보니 배가 누더기 조각을 이어붙인 옷처럼 보였다. 수술이 끝나자 사내가 하루코를 숙소까지 바래다줬다. 사내의 차가 자신의 아파트 앞에 멈췄을 때 하루코는 말했다.

"오늘 자고 가. 돈 안 받을 게."

사내가 멀뚱히 하루코를 바라봤다. 처음으로 동물원에 가서 신기한 동물을 본 어린애처럼. 잠시 침묵이 흘렀다. 하루코는 사내의 눈을 마주 보는 순간, 시간이 홀연히 정지한 것 같았다. 모터사이클의 엔진이 달아올라서, 가속도가 붙을 대로 붙어서 속도감조차도 느껴지지 않을 때의 감정처럼.

"이름이 뭐야?"

"하루코."

"춘녀(春女)는 아닐 테고 춘자(春子)?"

하루코가 고개를 끄덕였다. 사내도 따라서 고개를 끄덕였다. 아파트에 들어가자마자 하루코는 사내를 끌어안았다. 그리고 입술을 맞췄다. 하루코는 상의를 벗어 던졌다. 피가 꾸덕꾸덕 말라붙은 스커트도 벗어 던졌다. 하루코의 배 위에는 압박붕대가 칭칭 감겨 있었다. 하루코는 사내의 셔츠를 벗기고 바지를 벗겼다. 사내의 성기는 뜨거워져 있었다. 사내의 성기를 잡아서 자신의 젖은 질구 속으로 집어넣었다. 돌과 돌이

부딪쳐 불을 일으키듯 둘은 하나가 됐다. 하루코는 배가 아픈 것도 잊고 사내의 몸을 탐했다. 배를 꿰맨 실밥이 터지기도 했다. 세 번의 합일 끝에 각각의 몸으로 돌아갔다. 드러누워서 천장을 보면서 하루코가 사내에게 물었다.

"이름이 뭐야?"

사내가 가깝게 느껴졌다. 너무 밀접해서 사내의 작은 숨결마저도 들리는 것 같았다. 사내의 살갗만 봐도 그 속에 흐르는 혈관까지도 보이는 것 같았다. 하루코는 사내와의 섹스가 무슨 의식처럼 느껴졌다. 숱한 남자를 만났지만, 지금껏 한 번도 그런 적이 없었다. 섹스하는 내내 이름 모를 원시부족의 의식을 떠올렸다. 차례대로 단도로 팔뚝을 긋고 뚝뚝 듣는 피를 토기에 받은 뒤 그것을 나눠 마시는 의식. 사내가 하루코의 귀에 대고 나지막이 말했다.

"다치하라."

하루코는 사내의 이름을 몇 번이고 속으로 되뇌었다. 그렇게 하루코는 다치하라의 여자가 됐다. 다치하라는 재일교포 3세대였다. 나이는 서른다섯 살이었다. 아버지는 일찌감치 죽었다. 고등학교 때까지 유도를 배웠다. 고등학교 2학년 때 어머니도 죽었다. 폭력사건에 휘말려서 고등학교에서 제적을 당했다. 어찌하다 보니 야쿠자 세계에 발을 디디게 됐다. 그게 하루코가 아는 다치하라의 이력 전부였다.

연애를 시작하면서부터 하루코는 룸살롱에 나가지 않게 됐다. 다치하라가 사는 아파트로 짐도 옮겼다. 그래서 다치하라의 일거수일투족을 볼 수 있었다. 언뜻 보면 그는 전형적인 회사원 같았다. 머리는 길지도 짧지도 않은 게 단정했고, 양복은 회색만 입었다. 밖에 나갈 때는 반드시 와이셔츠에 넥타이를 맸다. 일반 회사원과 달리 출근할 때 서류가방 대신 권총을 챙겼다.

전화가 빗발치는 날이 있는가 하면 온종일 전화 한 통도 없는 날도 있었다. 며칠씩 집에 들어오지 않을 때도 있었고, 1주일 내내 집에만 붙어만 있을 때도 있었다. 하루코는 다치하라가 구체적으로 밖에서 무슨 일을 하는지 알지 못했다. 언젠가 하루코가 밖에서 무슨 일을 하느냐고 물은 적이 있었다. 다치하라가 씁쓸한 표정을 지으면서 답했다.

"가끔 욕실에서 거울을 보다가 놀랄 때가 있어. 내 몸이 고작 단백질 덩어리에 불과했구나 싶어서…. 모든 산 것들은 남의 살을 빌려서 살 수밖에 없는 게 놀랍지 않아?"

그 말을 듣고서 그가 무슨 일을 하는지 대략 알 것 같았다. 영화에 나오는 것처럼 누군가를 땅에 묻거나 바다에 집어던질 수도 있겠거니 싶었다. 하지만, 하루코에게 그건 그다지 중요한 게 아니었다. 일찌감치 음지의 세계에 발을 디딘 하루코였기에 세상이 얼마나 철저하게 먹이사슬 구조를 이루고 있는지 잘 알고 있었다.

다치하라는 그의 본명이 아니었다. 그의 본명은 야츠테(八手)였다. 그의 이름을 지은 건 그의 할아버지였다. 그의 이름은 팔손이나무에서 따온 것이다. 그의 할아버지는 전라남도 여수가 고향이었다. 고향 땅에서 자라던 나무를 손자의 이름으로 지은 것이다. 그의 할아버지는 곧잘 팔손이나무는 추위를 이기고 당당히 꽃을 피운다는 말을 했다고 한다. 하루는 저녁 자리에서 하루코가 물었다.

"왜 다치하라라는 이름을 쓰는 거야?"

다치하라가 대수롭지 않게 말했다.

"내가 좋아하는 사람의 이름이야."

"다치하라가 누군데?"

하루코는 다치하라가 어렸을 때 유도를 했다는 사실을 상기했다. 다치하라가 유도선수의 이름이겠거니 싶었다. 유연한 허릿심으로 상대 선수를 매트 위로 집어던지는 업어치기 기술이 뛰어난 유도선수이겠거니. 그런데 뜻밖의 대답이 나왔다.

"소년원에서 다치하라 마사키(立原正秋)의 책을 처음 봤어. 《겨울여행》이라는 소설이었는데 주인공이 소년원에서 고독한 생활을 이겨내는 소년수야. 나도 책을 읽을 때 소년수였으니까 감정이입이 쉬웠던 모양이야."

소년수라는 말에 하루코는 승룡이 패거리들이 떠올랐다. 승룡의 패거리 중에서 소년원에서 소설을 감명 깊게 읽었다는 이는 없었다. 이런저런 생각을 하는 사이 다치하라가 밥을 씹으면서 말을 이었다.

"《겨울의 유산》에서 주인공이 아버지에게 물려받는 건 무상(無常)이야. 주인공은 '무한서(無寒暑)'로 성장의 고통을 이겨내."

하루코가 물었다.

"무한서? 그건 뭐야?"

"더위와 추위를 어떻게 피할 거냐는 질문에 대한 답이야. 추울 때는 얼어 죽고 더울 때는 쪄 죽으면 된다는 거지."

하루코도 조금은 알 것 같았다. 추울 때는 얼어 죽고 더울 때는 쪄 죽으면 된다. 그건 이열치열(以熱治熱)과 같은 말이 아닌가. 그러니까 무한서란 더운 여름날 땀을 뻘뻘 흘리며 먹는 삼계탕이나 보신탕 같은 거로구먼. 아니면, 턱이 덜덜거릴 만큼 추운 겨울날에 먹는 얼음이 동동 뜬 물냉면이거나.

우연히 둘은 예전에 하루코가 일했던 룸살롱에 가게 됐다. 사장은 하루코를 보더니 오랜만에 친동생이라도 만난 것처럼 반가워했다. 둘은 처음 만났던 룸으로 들어갔다.

"여기서 보니까 새삼 기분이 묘해지는군."

다치하라가 웃으면서 말했다.

"왜 꼴려? 여기서 한 번 할까? 내가 빨아줄게."

하루코의 짓궂은 장난기가 발동한 것이다. 하루코는 다치하라의 바지 지퍼를 내렸다. 팬티 속으로 손을 집어넣었다. 금세 성기가 딱딱해졌다.

"죽었다 살아났네. 우리 주님 부활하셨네."

가게 문을 나설 때였다. 낯선 사내들이 일사불란하게 움직이더니 둘의 앞길을 가로막았다. 한 사내가 권총을 꺼내더니 다치하라의 머리에 겨눴다. 굉음이 들렸다. 모터사이클이 막 출발할 때 내는 배기음 같았다. 총성이 날카롭게 귓바퀴에 파고들었다. 다치하라는 힘없이 주저앉았다. 사내들이 서둘러 미리 세워둔 차 안으로 몸을 숨겼다. 차가 골목을 빠져나가는 사이 다치하라의 머리는 총알이 관통한 방향으로 젖혀졌다. 두개골에 난 구멍에서는 정체를 알 수 없는 액체가 흘러내렸다. 다치하라의 사지가 천천히 굳어갔다.

하루코는 그가 구체적으로 무슨 일을 하는지 몰랐듯 그가 왜 죽게 됐는지 알 수 없었다. 다치하라의 장례식장에서 하루코는 울음을 참으려고 노력했다. 그래야 할 것 같았다. 그렇게 그를 보내줘야 할 것 같았다. 다치하라의 시신이 화장터의 가마에 들어갔을 때였다. 언젠가 다치하라에게 물었던 말이 떠올랐다.

"내가 왜 좋아?"

낯 간지러운 말이어서 며칠간 고민한 끝에 물은 질문이었다. 다치하라가 담담하게 답했다.

"사람들은 모두 외롭지. 한국인이거나 일본인이거나. 부모 밑에서 자란 사람이거나 혈혈단신 고아이거나. 그런데 특히 외로운 사람이 있어. 이 세상을 살기에는 너무 심장이 뜨거운 사람. 제 마음의 불에 제 몸이 활활 타오를 것 같은 사람. 나는 네게서 그걸 봤어. 뜨거운 불길."

다치하라의 관이 빨간 불길로 들어가는 것을 보고서 하루코는 참아왔던 울음을 토하고 말았다. 한 번 울음이 터지자 멈출 수가 없었다. 가슴에 그를 묻은 것만 같았다.

가족이라고는 없는 다치하라는 하루코에게 적지 않은 돈을 남겼다. 하루코는 유산 대부분을 다치하라가 다니던 절에 시주했다. 다치하라의 49재를 마친 뒤 하루코는 한국으로 떠날 채비를 했다. 다치하라의 유품 중에서 세이코 시계만 챙겼다. 그가 고등학교에 입학할 때 어머니가 선물로 사준 시계였다. 그와 함께한 시간만큼은 갖고 싶었다.

일본을 떠나는 비행기 안에서 하루코는 다치하라와 야츠테라는 두 이름을 떠올렸다. 추위를 이기고 당당히 꽃을 피운다는 나무와 《겨울의 유산》을 남긴 작가. 언젠가 다치하라는 일본 건국 신화에 대해 들려준 적이 있었다.

오누이인 이자나기와 이자나미가 결혼을 해서 바다뿐인 세상에 일본을 만든다. 그들 사이에서 태양의 신 아마테라스가 태어난다. 아마테라스가 손자인 호노니니기에게 옥구슬과 거울과 신검을 줘서 지상으로 내려 보낸다. 이를 가리켜 천손강림이라고 한다. 규슈에 내려온 호노니니기는 고노하나(木花)와 이와(岩)라는 두 여인 중에 동생인 고노하나를 아내로 삼는다. 천 년의 비바람에도 변치 않는 바위와 잘게 이는 바람에도 흩어져 버리는 나무의 꽃 중 후자를 택했기 때문에 천황은 죽을 수밖에 없다.

얘기 끝에 다치하라는 일본 건국 신화에 일본인들의 정서가 숨어 있다고 덧붙였다.

"찰나의 미학이랄까. 일본인들이 가장 아름다운 순간에 산화하는 벚꽃을 사랑하는 것도 같은 이유일 것이다. 반면 단군은 호랑이와 곰 중에서 곰을 택했잖아. 이유는 곰은 삼칠일 동안 어둔 동굴에서 쑥과 마늘을 먹으면서 견뎠는데, 호랑이는 그러질 못했기 때문이고. 단군과 웅녀의 로맨스에도 한국인의 정서가 고스란히 담겨 있는 게 아닐까?"

그 생각에 이르자 그와의 추억이 있어 평생을 견딜 수 있을 것 같아졌다. 한 번 꽃 핀 기억으로 겨울을 버티는 '팔손이나무'처럼. 하루코는 눈에 축축한 게 맺히는 것을 느꼈다. 고개를 돌려서 창밖을 바라봤다. 진눈깨비가 흩어지는 게 보였다.

술에 취하니까 속도감이 없었다. 하루코는 계속 액셀러레이터를 밟았다. 가슴이 뻥 뚫리는 느낌이었다.

"그만 밟아. 이러다가 사고라도 나면 어쩌려고 그래."

판돌이가 앓는 소리를 했다.

"네가 좋아한다는 딴따라. 일찍 죽어서 좋아하는 거야?"

핸들을 돌리면서 하루코가 물었다.

"일찍 갈 사람은 제 운명을 아나 봐. 토미 볼린의 기타는 남들과 다른 독특한 음색이 있어. 열정적이기도 하고, 관능적이기도 하고, 애절하기도 하고. 관능과 열정은 젊음의 특권이잖아. 그 둘은 슬프다는 점에서 같고."

"너 별빛이 땜빵 같다는 생각 안 해 봤어?"

"땜빵?"

"병이나 돌 같은 거에 찍힌 상처."

"그러고 보니 땜빵 같네."

"이상하지 않아? 별처럼 예쁜 게 실은 흉터라고 생각하면."

"그러게."

"원래 아픈 것들일수록 반짝반짝 빛나는 거야. 꽃이나 별처럼. 그 딴따라도 뜨겁게 아팠던 거 아닐까? 그러니까 그런 슬픈 소리를 남겼겠지."

차가 집 앞에 멎자 판돌이가 물끄러미 하루코를 봤다.

"앞으로 어떻게 할 생각이야?"

"전화할게."

길게 한숨을 쉰 뒤 판돌이가 차에서 내렸다. 판돌이의 뒷모습이 골목으로 사라지는 것을 보면서 하루코는 땜빵이라는 말을 중얼거렸다.

한국으로 돌아오자마자 하루코는 서울의 호스트바를 찾았다. 상대가 그 누구라도 좋으니 질펀하게 놀아야 할 것 같았다. 그래야 썰물 진 갯벌 같은 가슴패기를 달랠 수 있을 것 같았다. 그런데 호스트바의 선수들은 얼굴만 반반하지 사내다운 멋이라곤 눈 씻고 찾아봐도 없는 애송이들이었다. 눈빛만 바라봐도 아랫배가 천천히 뜨거워지게 하는, 그 뜨거운 기운에 저도 모르게 온몸이 젖게 하는 그런 사내는 없었다. 호스트바에서 노느라 일본에서 가져온 돈의 태반을 썼다. 이러다가는 남은 돈마저 다 탕진하겠구나 싶어서 하루코는 중고 자동차 시장에 가서 포드 머스탱을 샀다. 다치하라가 탔던 검은 색으로 골랐다. 포드 머스탱을 몰고서 고향집으로 갔다. 어찌 된 영문인지 할머니가 보이지 않았다. 옆집 아저씨가 비보를 들려줬다. 할머니가 간암에 걸려서 병원에 입원했다는 소식이었다. 하루코가 일본에 있는 동안 집안이 쑥대밭이 돼 있었다. 친척들에게 수소문해서 아버지를 찾아갔다. 아버지는 사업이

망해서 거지꼴을 하고 있었다. 계모와도 이혼한 상태였다. 무작정 계모를 욕할 수도 없는 상황이었다. 빚쟁이들이 수시로 와서 협박을 해대니 계모도 이혼밖에는 달리 방법이 없었던 것이다. 부정(父情)이라곤 모르고 자란 하루코였는데도 초췌한 몰골을 한 아버지를 보니 마음이 짠했다.

할머니는 간암 말기 판정을 받고 갈 날만 기다리고 있었다. 주치의는 너무 늦어서 수술도 불가능하다고 했다. 간병인을 쓸 수 있는 처지가 아니어서 하루코가 병원에서 먹고 자면서 할머니를 돌봤다. 하루는 하루코가 할머니에게 물었다.

"할머니, 소주 마시고 싶지?"

"어찌 그리 내 속을 잘 아냐. 얼른 가서 소주 두 병 받아와라."

할머니는 술을 좋아했다. 막걸리나 소주 한 병을 마셔야 잠자리에 들었다. 할머니는 골초이기도 했다. 하루에 한 갑씩을 피웠다. 서른두 살에 혼자된 할머니에게 남편 역할을 대신해준 것은 술과 담배였다.

병원 옥상에서 둘은 술잔을 주거니 받거니 했다. 그 자리에서 담배도 한 갑 다 태웠다. 한 달 후 할머니는 돌아가셨다. 할머니는 할아버지의 묘에 합장 됐다. 하관하는 것을 보면서 하루코는 할머니가 할아버지의 사갑(死甲)을 준비하던 모습이 떠올랐다.

할머니는 시장에 가서 하얀 두루마리와 저고리와 고무신을 샀다. 망자가 입을 옷과 신발이라고 했다. 할머니는 살아생전 할아버지의 몸이라도 쓰다듬듯 다정한 손길로 두루마리와 저고리를 오랫동안 만지작거렸다. 햇빛에 옷가지들을 펼쳐 보기도 했다. 노란 삼베에 햇빛이 스며들 때는 가슴에 불이라도 지핀 듯 온몸이 훈훈해지는 것 같았다. 햇빛이 비쳐서 붉게 물든 옷가지들은 초파일 날 절 마당에 걸어 놓은 불 밝힌 연등 같았다. 옷가지들을 올려다보는 할머니의 시선은 한없이 투명했다. 너무 투명하고 맑아서 귀신의 손길마저도 읽을 수 있을 것 같은 눈길이었다. 할머니는 들릴 듯 말 듯한 소리로 노래를 부르기 시작했다.

연분홍 치마가 봄바람에 휘날리더라.
오늘도 옷고름 씹어가며 산 제비 넘나드는 서낭당 길에
꽃이 피면 같이 웃고, 꽃이 지면 같이 울던
알뜰한 그 맹세에 봄날은 간다.

새파란 풀잎이 물에 떠서 흘러가더라.
오늘도 꽃 편지 내던지며 청노새 짤랑대는 역마차 길에
별이 뜨면 서로 웃고, 별이 지면 서로 울던
실없는 그 기약에 봄날은 간다.

마당의 탱자나무 울타리에 부신 봄빛이 쏟아지고 있었다. 바늘 끝처럼 뾰족뾰족한 탱자나무 가시들이 햇빛을 받아서 반짝반짝 빛났다. 가늘게 떨리던 할머니의 노래를 듣고 있으려니 탱자나무 가시가 훑은 듯 가슴이 아렸다. 노래를 마치고 나서 할머니는 그윽한 눈빛으로 화단의 나비들을 바라보았다. 나비들의 날갯짓은 참으로 가벼웠다.

인근 절에 가서 할머니는 망자의 명복을 비는 제를 지냈다. 제를 지낸 뒤 할머니는 망자의 옷가지들을 태웠다. 그때 할머니의 눈빛은 뭐라고 형용할 수 없을 정도로 다감하였다.

할머니가 반듯하게 누워 있을 관 위에 흙이 쏟아졌다. 하루코는 속으로 생각했다. 할머니는 좋겠다고.

할머니 장례를 마치고 하루코는 가방을 챙겨서 여수로 내려갔다. 허름한 단란주점을 찾아 들어가서 일하고 싶다고 했다. 얼굴에 논두렁 깡패출신이라고 쓰여 있는 사장이 하루코를 보자 반색을 했다. 단란주점에서 일하면서 하루코는 달라는 놈이 있으면 안 가리고 줬다. 늙은 놈, 젊은 놈, 큰놈, 작은 놈 할 것 없이 다 줬다. 그렇게 5년이 흘러갔다. 외로운 여수 생활에서 유일한 친구가 돼 준 것은 단란주점 사장의 딸이었다. 한참 손길이 필요한 때였는데도 그 아이에게는 엄마가 없었다. 엄마가 외간남자와 바람이 나서 집을 나갔다는 게 후문이었다. 선머슴 같은 계집애를 보면 어릴 적 하루코 자신의 모습을 보는 것 같아서 저도 모르게 한 번 더 눈길이 갔다. 하루코는 곧잘 계집애를 데리고 공원에 가곤 했다.

가을이 되면 하루코는 오동도에 가서 팔손이나무를 봤다. 그 무렵에는 팔손이나무들이 한창 꽃을 피우고 있었다. 하얗게 꽃 핀 팔손이나무를 보고 있으면 앞니가 보이게 시원하게 웃던 다치하라의 얼굴이 떠올랐다.

여수에서 하루코는 늘 취해 있었다. 낮에도 해장국 한 그릇을 시켜놓고 소주를 마셨다. 하루는 낮술에 취해서 가게로 발길을 돌리는데 낯익은 뒷모습이 눈에 들어왔다. 분명히 회색 양복을 입은 다치하라였다. 비틀비틀 그의 뒤를 쫓았다. 그러나 그건 환영이었다. 그것은 하루코가 만들어낸 다치하라의 따스한 그림자일 뿐이었다. 다치하라는 하루코에게 손을 흔들고 있었다. 그리고 이렇게 말하는 것 같았다. 너는 살아라, 라고.

하루코는 지하주차장에서 빠꾸가 나오길 기다렸다. 빠꾸의 아우디가 세워진 뒤편에다가 차를 세웠다. 어둠 속에서 베레타를 만지작거렸다. 발기한 성기처럼 길쭉한 총구가 마음에 들었다.

애초 빠꾸의 가게에서 일을 한 게 잘못이라는 생각이 들었다. 빠꾸의 가게에 오기 전까지 하루코는 보습학원 운전기사 일을 했다. 아이들을 대상으로 하는 일이어서 그다지 힘들지도 않았고, 다소 보람도 있었다. 그런데 학원생들이 줄자 보습학원은 문을 닫게 됐다. 놀고 있다는 소식을 듣고서 승룡이 빠꾸가 운영하는 아빠방 일을 도와주는 게 어떻겠냐고 물었다. 잘하는 거라곤 싸움과 운전밖에 없는 하루코의 입장에서는 달리 선택의 여지가 없었다.

더러 술 취한 년들이 진상을 부릴 때면 한 대 쥐어박고 싶은 마음이 굴뚝같았지만 참았다. 차에 곯아떨어져서는 아무리 깨워도 일어나지 않는 것도 참았고, 이유 없이 함부로 욕설하는 것도 참았고, 차에 구토하는 것도 참았고, 팁이랍시고 지폐를 얼굴에다가 던지는 것도 참았다. 아니꼽고 더럽고 치사한 상황이 있을 때마다 그저 서비스업 종사자의 비애이거니 생각하고 넘어갔다.

하지만, 빠꾸의 일만큼은 참을 수가 없었다. 빠꾸와는 알고 지낸 지 20년이 넘었다. 사장과 종업원의 관계이기 전에 둘은 친구였다. 살면서 그토록 누군가에게 배신감을 느껴본 적이 없었다.

멀리 빠꾸가 걸어오는 게 보였다. 아우디에 불이 켜졌다. 하루코는 바짝 차를 들이댄 뒤 경적을 울렸다. 두 차례 경적이 길게 이어졌다. 빠꾸가 창문을 열고 뒤를 돌아봤다.

"어이 빠꾸!"

빠꾸의 얼굴이 굳어졌다. 트렁크를 열고 골프채를 꺼내는 빠꾸의 뒷모습이 보였다. 얼른 하루코는 베레타를 들고 밖으로 나갔다. 승룡의 하우스에서 베레타를 처음 보는 순간 하루코는 뇌리에 '눈에는 눈, 이에는 이'라는 말이 떠올랐다. 참으로 멋진 말이었다. 자신도 빠꾸에게 받은 만큼 되돌려줘야 할 게 아닌가.

"지하주차장에서 스윙 연습하게? 골프채는 왜 꺼내?"

빠꾸가 골프채를 높이 들고 돌아섰다. 하루코가 베레타를 빠꾸에게 겨눴다. 어둠 속에서 시커먼 총구가 반짝 빛났다.

"이거 장난감 아냐. 탄환들도 장전돼 있어. 멧돼지 사냥할 때 쓰는 거니까 돼지 같은 놈은 쏴도 될 것 같아서 들고 왔어."

일순 빠꾸의 낯이 하얗게 질렸다. 하루코가 웃으면서 한 발 전진했다. 빠꾸가 들고 있던 골프채를 떨어뜨렸다. 골프채가 바닥에 떨어지면서 날카로운 소리를 냈다. 뒷걸음을 치다가 다리가 걸려 넘어진 빠꾸가 벌벌 떨면서 입을 뗐다.

"아니…. 그게 아니고."

주절주절 변명할 게 뻔했다. 하루코가 총구를 빠꾸의 이마에 갖다 댔다. 차가운 금속성이 피부에 느껴지는지 빠꾸가 움찔했다.

"떠드는 건 내가 할 테니까 형은 듣기만 해. 나이를 처먹고 나니까 세상에는 옳고 그른 게 없다는 걸 알겠더라고. 단지 나한테 맞고 안 맞는 것만 있을 뿐. 그런데 문제는 형은 나하고 맞지 않아. 그건 누구의 잘못도 아니겠지. 아빠방 일 도와주면서 형한테 많이 배웠어. 그래서 나도 장사를 한 번 해보려고 해. 선수 중에서 퇴물들은 형보다는 나를 잘 따르니까 내가 데리고 갈 생각이야. 그런 줄 알아. 그리고 걔들이 진 빚은 내가 돈 많이 벌면 나중에 갚을 게. 그러니까 우선 이것만 받아."

하루코는 총구를 빠꾸의 허벅지로 옮긴 뒤 방아쇠를 당겼다. 총성이 나고 곧바로 빠꾸의 입에서 고함이 터져 나왔다. 사방이 막힌 지하주차장이어서 총성이 메아리가 돼 서라운드로 울렸다. 하루코는 뒤돌아서서 차로 향했다. 시동을 걸고 액셀러레이터를 밟았다. 한바탕 일을 치르고 나니 술이 다 깬 느낌이었다. 승룡에게 전화를 걸었다. 사건의 자초지종을 다 듣고서 승룡이 달래듯이 말했다.

"그나마 다행이네. 빠꾸 새끼 대가리에 총알이 안 박혀서…. 잘했어. 근데 얼굴 안 보고 살 수는 없잖아. 알고 지낸 게 벌써 몇 년인데. 속 깊은 네가 한 번 봐줘라. 알고 보면 빠꾸도 불쌍한 놈이잖아."

승룡과 통화를 마치고 나니 하루코는 빠꾸와 함께 한 날들이 떠올랐다. 빠꾸에게 '나이를 처먹고 나니까 세상에는 옳고 그른 게 없다는 걸 알겠더라고. 단지 나한테 맞고 안 맞는 것만 있을 뿐'이라고 단정적으로 말했지만, 자신과 빠꾸의 삶은 크게 다르지 않았다. 어릴 적부터 지금까지 함께 나눈 의견이라고는 어떻게 하면 쉽게 남을 등쳐먹을 수 있는가, 하는 것이었다. 남의 것을 훔치거나 빼앗는 데 조금도 망설임이 없었고, 그렇게 남의 눈에 눈물을 쏟게 해놓고도 자신의 일을 후회한 적이 없었다. 자신이 좋아했던 사람들은 따지고 보면 냉혈한이었다. 어릴 적 가족보다 더 믿고 따랐던 승룡도, 젊은 날 자신보다도 더 사랑했던 다치하라도 두 주먹으로 남을 위협해서 사는 사람이었다. 자신이 아는 사람이라고는 그런 깡패들이 아니면 화류계 논다니뿐이었다. 화류계 출신들은 더 질이 나빴다. 그들은 사랑이라는 말을 입에 담기가 부끄러울 정도였다. 겉으로는 애인이라고 하면서 속으로는 돈이나 뜯어내려는 수작을 부리기 일쑤였다. 물론 하루코도 이러한 삶이 옳지 않다는 것을 잘 알고 있었다. 하지만 양심의 가책이 느껴졌을 때는 이미 음지에 뿌리를 내린 후였다. 그러니 그저 '양지녘도 다르지 않을 테지. 세상사는 것 다 똑같지. 아니 어쩌면 있는 놈들이 더 할지도 모르지. 물건을 훔치면 도둑 소리를 듣지만 나라를 훔치면 영웅 소리를 듣는데'라는 생각으로 위안을 삼을 수밖에 없었다.

'빠꾸도 불쌍한 놈이잖아'라는 말 때문인지 이상하게도 하루코는 할머니 생각이 났다. 할머니는 뿌리로 담근 김치를 좋아했다. 총각 무, 배추뿌리, 고들빼기, 씀바귀….

“할머니 이 김치는 써서 못 먹겠어.”

언젠가 하루코가 씀바귀 김치를 먹다가 밥상 위에 뱉어놓자, 할머니가 그것을 도로 먹으며 말했다.

“이게 츰엔 써도야. 오래 씹다 보믄 단내가 돌아야.”

일찍 남편을 여의고 장터에 나가 열무니 황새기니 내다 팔아서 자식새끼를 키운 할머니의 처지에서야 어찌 삶이 달기만 했겠는가? 여름에는 수제비로, 겨울에는 고구마로 주린 배를 속이면서도, 해마다 새록새록 신록 돋듯이 자식들 자라는 것 보면서 이런 게 세상사는 맛이겠거니 맘을 추슬렀을 테지. 하루코는 혼잣말을 웅얼거렸다.

“이게 츰엔 써도야. 오래 씹다 보믄 단내가 돌아야.”

하루코는 한 손을 가슴에 갖다 댔다.

“하늘에는 잔별도 많고 우리네 인생에는 근심도 많고.”

지나온 날들이 신나게 고속도로를 질주한 것에 지나지 않은 것만 같았다.

“별빛은 땜빵이니…. 그래도 빠꾸는 개새끼야.”

빠꾸는 일찌감치 부모를 잃었다. 그래서 그런지 어릴 때부터 자기보호 본능이 남달랐다. 빠꾸가 셈이 빠르고 장사를 잘하는 건 그 때문인지도 몰랐다. 문득 빠꾸의 애 돌잔치 생각이 났다. 하객도 많지 않을 게 자명한데 빠꾸는 건물 한 층을 통

째로 빌렸다. 잔치 분위기를 내야 한다며 밴드를 부르더니 멤버들에게 돈을 뿌려댔다. 그날 빠꾸는 주는 술 다 받아 마시고도 성에 안 차는지 나중에는 잔이 비기 바쁘게 자작(自酌)을 했다. 행사가 끝날 무렵에는 고주망태로 취해서는 아이를 얼싸안고 엉엉 울어댔다. 왜 우느냐고 물었더니 기뻐서 운다나. 사연 없는 인생이 없다지만, 흔해빠진 게 눈물이라지만, 빠꾸의 붉은 눈을 보자 하루코는 마음이 짠했다. 개구리밥처럼 떠돌아야 했던 부박한 놈이 가까스로 뿌리를 내리게 됐으니 기뻤을 테지. 눈물이 날 만큼 기뻤을 테지.

하루코는 혼잣말을 중얼거렸다.

"별빛은 땜빵이라…. 하긴 빠꾸도 불쌍한 새끼지."

포드 머스탱이 안개가 자욱한 도로를 뚫고 지나갔다.

딜러(Dealer)

세상은 돌고 돈다. 슬롯머신처럼.

불새는 샌즈 카지노에서 스핀 버튼을 누르면서 그런 생각을 했다.

눈에 불두덩을 지지는 듯 번쩍번쩍 돌아가던 기계의 화면이 멈췄다. 아니나 다를까 또 꽝이다. 한 시간 동안 홍콩달러로 1,000달러를 기계에 박았다. 그래도 기계가 싼 거다.

어제는 바카라 게임을 하느라 4만달러를 날렸다. 한화로 600만원이다. 바카라는 악마의 게임이다. 그런 줄 알면서도 마카오만 오면 악마의 아가리 속으로 들어가는 이유가 뭘까? 홈런을 날리고 싶어서일 것이다. 단타를 쳐서 진루하고 이리저리 뛰어다니면서 홈을 밟는 건 아무래도 시시하다.

처음 마카오에 왔을 때 바카라를 해서 하루 만에 2,000만원을 땄다. 결국, 그 이튿날에 딴 돈은 물론이고 수중에 든 돈까지 몽땅 날리고 말았지만.

카지노에서 시종일관 돈을 잃는 경우는 없다. 언제고 한 번은 기회를 맞게 돼 있다. 하지만, 돈을 따고서 곧바로 자리를 뜨는 이는 없다. 돈을 따게 되면 이성적인 사고가 불가능해지기 때문이다. 끝내 주머니에 든 돈을 모두 날린 뒤에야 카지노를 빠져나가게 된다.

카지노의 상술도 손님들이 주머니를 터는 데 한몫을 한다. 거금을 딴 손님을 그냥 보내는 카지노는 이 지상에 한 군데도 없을 것이다. 거금을 손에 거머쥔 손님이 나오면 5분도 안 돼 카지노 관리인이 나타난다. 관리인은 이미 카지노에 설치된 카메라를 통해 상황을 인지한 상태다. 관리인은 정중하고도 세련된 말투로 호텔비와 식사비를 무료로 제공할 테니 하루 더 쉬고 가라고 제의한다. 손해 볼 것 없다는 생각에 손님은 흔쾌히 관리인의 제의를 받아들인다. 손님은 공짜로 고급 호텔에서 일박하고 이튿날 고급 식사를 받는다. 그리고 유유히 호텔을 빠져나가는 게 아니라 다시 카지노로 향한다. 설탕이 떨어진 곳으로 더듬이를 더듬거리며 기어가는 개미처럼.

돈을 모두 잃었을 때의 허탈감은 이루 형언할 수 없다. 만약 어떤 사람이 카지노에서 100만원을 날렸다면 100만원만큼의 허탈감만 지녀야 맞을 텐데, 실상은 그렇지 않다. 중간에 땄다가 잃은 돈까지 합산해 계산하기 때문이다. 그런데 이상한 것은 정작 카지노를 나설 때는 돈을 잃은 기억은 간데없고 딴 기억만 남는다는 사실이다.

어제 바카라를 할 때 난주가 와서 신소리를 했다.

"바카라는 줄을 어떻게 잡느냐가 승패의 최고 관건이잖아. 그러니까 누군가 잘 맞춘다 싶으면 그를 따라서 질러."

난주의 말은 전적으로 옳았다. 바카라 게임은 따는 사람이 계속 딴다. 그리고 따는 사람은 줄을 잘 잡는다. 난주의 말대로 불새는 따는 이를 따라서 칩을 걸었다. 그래서 처음에는 제법 돈을 땄다. 한화로 500만원에 가까운 이득을 남겼다. 그러다 더 큰 판으로 가서 놀아야겠다는 생각이 들었다. 일진이 좋은 것으로 봐서는 큰 판에서도 돈을 딸 것 같았다. 결과는 올인.

다시 스핀 버튼을 눌렀다. 역시나 돈만 줄었다. 맞은편에서 난주가 깔깔거리며 웃는 소리가 들렸다. 또 터진 모양이다. 불새는 기계를 가볍게 발로 걷어차고 출금 버튼을 눌렀다. 난주는 30분 전에도 불새 옆자리 기계에서 2,000달러를 땄다.

난주가 앉은 곳으로 가보니 화면에서는 앨리스가 손에 요술 봉을 들고 날아다니고 있다. 《이상한 나라의 앨리스》를 모티브로 한 게임이었다. 앨리스가 요정처럼 허공을 날아다니자 돈이 올라갔다. 화면에서는 뾰족뾰족한 보석들이 파랗게 번쩍였다. 쉴 새 없이 돈이 올라갔다. 돈이 아니라 그저 숫자인 것처럼 느껴졌다. 이번에도 난주는 2,500달러를 땄다. 불새는 환히 웃고 있는 앨리스가 얄밉게 느껴졌다. 난주가 자기 돈을 가져가는 것도 아닌데 공연히 박탈감이 밀려왔다.

"너는 어떻게 앉는 곳마다 터지냐?"

뒤돌아보고서 웃더니 난주는 담배꽁초를 재떨이에 비벼 껐다. 다시 게임에 열중할 모양이었다.

난주의 본명은 봄이다. 난주라는 이름은 단란주점에서 딴 것이다. 자신이 직접 지은 이름이다.

난주가 봄이라는 이름을 버리게 된 것은 노름빚 때문이다. 당시 난주는 서울에 있는 전문대학을 다니고 있었다. 전공은 관광통역이었다. 난주는 방학 중에는 나레이터 모델 일을 했다. 그러던 중 하루는 난주에게 스크린경마장 일이 떨어졌다. 여느 날처럼 난주는 개업한 가게 앞에서 팬티가 보일락 말락 하는 미니스커트를 입고 춤을 췄다. 일이 끝나자 스크린경마장 사장은 모델들에게 일당 말고도 게임머니를 줬다. 재미삼아 기계 앞에 앉았다. 스크린 위의 말들은 지칠 줄 모르고 달렸다. 난주는 눈알이 튀어나올 것만 같은 흥분에 휩싸였다. 난주는 한 시간만에 일당의 스무 배를 벌었다.

집으로 돌아오는 내내 난주는 가슴이 벅차올랐다. 이튿날 눈을 떴을 때 말들이 질주하는 환영이 보였다. 절로 걸음이 스크린 경마장으로 향했다. 이튿날에도, 그 이튿날에도, 그리하여 한 달 내내 난주는 스크린경마장에 출근 도장을 찍었다. 지갑에서 돈이 마르자 사장이 돈을 빌려줬다. 물론 사채였다. 결국, 난주는 사장이 소개해주는 업소로 가야 했다. 화류계 생활의 시작이었다. 마이킹은 화류계로 기어들어오게 하는 미끼다. 굶주린 쥐일수록 잡기 쉽게 마련이다. 허기를 채우기 위해 무엇이든 먹어치우기 때문이다. 그 먹잇감에 극약이 발라져 있다 해도 허기진 쥐들은 냉큼 먹잇감에 달려든다. 카드빚이라든지 노름빚이라든지 경제적으로 궁지에 몰린 애들에게는 그 길밖에는 달리 방법이 없다. 선급으로 목돈을 받아서 급한 불을 끌 수 있으니까.

남다른 외모 덕분에 난주는 1년 반만에 빚을 갚을 수 있었다. 일찌감치 2차 나가는 법에 익숙해진 덕이리라.

언젠가 대학 공부는 다시 안 할 거냐고 물은 적이 있었다. 그때도 난주는 엉뚱한 대답을 했다.

"가게에 있으면 외국인들 많이 만나. 일본 남자, 중국 남자…. 지금 내가 하는 일이 관광 통역이지."

다시 난주의 기계에서 요란한 소리가 났다. 지구가 돌고, 태양계가 돌고, 은하계가 도는 듯 화면에서는 파란불이 번쩍번쩍했다. 화면에는 흰 수염을 펄럭이는 제우스들로 가득 찼다.

불새는 시선을 돌려서 자신의 기계를 봤다. 쓸데없는 백마와 하프만 보였다. 난주가 흐뭇한 표정을 지으면서 담배를 꺼내 물었다. 황홀한 순간을 만끽하고 있는 것이리라.

잭폿이 터질 때는 짜릿함이 온몸에 밀려온다. 사정 직전의 느낌이랄까? 화면에 표시된 돈의 수치가 올라가면서 흥분도 고조된다. 난주가 출금 버튼을 눌렀다. 기계에서 나온 건 지폐가 아니라 게임머니다. 마카오 도박장에서는 게임머니가 곧 돈이다. 종이쪼가리가 돈이 되는 곳, 마카오는 별세계라는 생각이 들었다.

난주가 일어서면서 말했다.

“오빠 계속 돌릴 거야?”

“아니, 돈 다 떨어지면 타임머신이나 돌리려고.”

“나는 금붕어 잡으러 갈 게.”

엉덩이에 착 달라붙은 청바지, 한껏 가슴이 드러나는 호리호리한 가죽 재킷, 도도하게 보이게 하는 레이벤 선글라스. 불새는 걸어가는 난주를 보면서 낯선 느낌이 들었다. 아니, 너무 낯이 익어서 낯선 느낌이라고 해야 맞았다.

불새는 체 머리를 흔들며 기계의 스핀을 눌렀다.

불새는 제로를 향해 달리는 숫자를 봤다. 30분 만에 기계가 1,000달러를 집어삼켰다. 불새는 습관적으로 스핀 버튼을 눌렀다. 하지만, 화면의 그림이 돌아가질 않았다. 돈이 바닥이 난 것이다. 불새는 일어서면서 기계를 발로 툭 찼다. 그리고 타임머신 기계가 있는 곳으로 걸어갔다.

타임머신은 제법 괜찮은 기계다. 소리도 쿵쿵 울리고 화면도 환상적이어서 실제로 타임머신을 탄 것 같은 착각이 들었다. 과거로도 갔고, 미래로도 갔다. 공룡들이 노는 벌판을 뛰어다니기도 했고, 우주선을 타고 은하수를 가로지르기도 했다.

1,000달러를 집어넣으면서 불새는 문득 타임머신을 타고 과거로 돌아가는 상상을 했다. 만약 과거로 돌아가도 도박을 좋아했을까? 스핀 버튼을 눌렀다. 화면의 영상이 돌았다. 반 바퀴, 한 바퀴, 두 바퀴, 그리고 다시 원점.

쉬는 시간에 친구들과 짤짤이를 하는데 누군가 뒤에서 어깨를 쳤다. 돈 딸 생각에 정신이 팔려서 뒤도 안 돌아보고 말했다.

"가만히 있어봐. 시발 놈아."

뒤에 선 놈이 뒤통수를 후려쳤다. 화가 나서 뒤를 돌아보니 담임선생이었다. 담임은 체육교사였다. 이두박근 삼두박근이 울퉁불퉁한 담임의 두 팔이 올라왔다. 주먹이 내려올 때마다 만화 장면처럼 머리 위에 별이 반짝였다. 별이 하나둘씩 늘어가더니, 나중에는 견우와 직녀가 만나려는지 허공에 은하수

다리가 걸려 있었다. 담임이 주먹질을 멈추면서 말했다.
"내일 부모님 모셔와."

집으로 돌아가는 길이 길게 느껴졌다. 유난히 높게 보이는 교문을 빠져나오면서 가장 먼저 떠오른 건 의붓아버지의 얼굴이었다. 의붓아버지의 직업은 강력반 형사였다. 성격이 불같은 의붓아버지가 학교에서 벌어진 사실을 안다면 거꾸로 매달아 놓고 팰 게 분명했다.

불새는 영어학원비를 야바위꾼들에게 속아서 날린 적이 있었다. 학원에 가다가 대로변에서 야바위꾼들을 만났다. 사람들이 모여서 왁자지껄 시끄러웠다. 무슨 싸움이라도 났는가 싶어서 달려가 보니 한 사람이 탁자 위에 주사위를 놓고 두 손으로 분주히 엎어놓은 세 개의 사발을 움직여댔다. 사내는 주사위를 숨긴 사발을 맞추면 건 돈의 열 배를 준다고 했다. 불새는 분명히 가운데 위치한 사발 속으로 주사위가 들어가는 것을 봤다. 그래서 의심치 않고 다음 달 학원비를 가운데 사발 앞에 걸었다. 뚜껑을 열어보니 주사위가 없었다. 두 눈을 비비고 다시 봐도 결과는 마찬가지였다.

학원비를 날렸으니 학원에 나갈 수 없었다. 그래도 학원에 가는 척이라도 해야 했다. 학원에 갈 시간이 되면 집에서 나와 공연히 시내를 돌아다니곤 했다.

하루는 집에 들어서자마자 의붓아버지가 쏘아보면서 물었

다.

"어디 갔다 오는 길이냐?"

"학원이요."

의붓아버지가 속을 꿰뚫어보는 것 같은 눈빛을 지었다. 한 번 쳐다보는 것만으로도 숟가락을 휘게 하는 초능력자 유리 겔라처럼. 그러더니 뭔가 생각났다는 듯이 입을 뗐다.

"학원 수강증 좀 보자."

말이 떨어지기 무섭게 불새는 가방에서 수강증을 꺼내줘서 보여줬다. 지난달에 학원에서 끊어준 수강증이었다. 수강증에는 월(月) 표시가 없어서 불새는 조금도 우려하는 마음이 없이 의붓아버지에게 수강증을 보여줬던 것이다.

"이건 지난달 거 아니냐?"

불새는 의붓아버지가 어떻게 그 사실을 알았는지 어리둥절했으나 그저 속을 떠보는 것이겠거니 싶어서 시침을 떼기로 작정했다.

"이달 수강증 맞는데요."

"그래? 근데 왜 수강증에는 '이'라고 쓰여 있느냐? 삼월이면 '삼'이라고 쓰여 있어야지."

"네?"

"여기 수강증 바탕에 파란 글씨로 크게 쓰여 있는 거 안 보여? 한자로 이라고."

불새는 유심히 수강증을 살펴봤다. 아무리 봐도 두 이(二)자는 보이지 않았다. 어디에 한자가 있다는 것인지 알 수 없었다.

"여기에 분명히 쓰여 있잖아. 두 이라고."

의붓아버지가 손가락을 가리키는 곳을 보니 아닌 게 아니라 크게 파란색으로 한자가 쓰여 있었다. 그 한자는 '貳'였다.

"이런 멍청한 놈. 고등학교에 다니는 녀석이 두 이(貳) 자도 모르니. 그러니까 지난달 수강증을 갖고 아비를 속이려고 했지. 내가 공연히 너한테 어딜 쏘다니다가 왔냐고 물었겠느냐? 저녁에 네놈이 거리를 배회하는 걸 봤으니까 물었지."

의붓아버지는 학원비를 어디에 썼는지 물었다. 사실대로 답하자 허탈한 표정을 짓더니 곧바로 사랑이 듬뿍 담긴 주먹이 날아왔다.

온갖 얼차려와 매질을 당하면서 불새는 망할 놈의 이(貳) 자를 원망했고, 개 코를 지닌 의붓아버지를 원망했고, 이혼한 뒤 한 번도 거들떠보지 않는 친아버지를 원망했고, 기생오라비처럼 예쁘게 생기기만 해서 제비족이나 다름없는 생활을 했다는 친아버지와 헤어진 뒤 말보다 주먹이 빨라서 깡패 아니면 형사밖에는 달리 할 일이 없게 생긴 의붓아버지와 결혼한 어머니를 원망했고…. 같은 조류임에도 앙숙일 수밖에 없는 제비와 짭새의 관계에 대해 생각했고, 돌고 도는 먹이사슬의 법칙이 새삼 경이롭게 느껴졌고…. 그러다가 경우에 따라서는 아버지가 둘이 되기도 하는데 둘을 의미하는 한자로 二 말고 貳도 있을 수 있겠거니 제법 어른스러운 마음도 갖게 됐고, 그런 긍정적인 생각을 하는 순간에도 매질은 이어졌고….

아무리 생각해도 눈앞이 캄캄했다. 의붓아버지에게 당할 매질을 생각하면 담임선생한테 맞은 건 본영화가 시작되기 전에 틀어주는 맛보기 예고편에 불과했다.

불새는 발길 닿는 데로 걸었다. 그러다가 한 숯불갈비 가게 앞에서 걸음이 멈췄다. 앞문 유리에 붙어 있는 '종업원 급구'라는 글씨가 눈에 들어왔다. 그 글귀를 보는 순간 집 말고도 갈 곳이 있다는 사실을 깨닫게 됐다.

불새는 얼굴에 숯을 묻혀가며 불판을 닦고 숯불을 피웠다. '얼굴에 재가 묻은 부엌데기'라는 뜻의 신데렐라처럼. 그렇게 한 달이 지났을 때였다. 하루는 대낮부터 여자들이 들어와서는 숯불갈비를 시켰다. 숯불을 들고 가자 여자들이 유심히 불새를 쳐다봤다. 여자들에게서는 짙은 향수 냄새가 났다. 화장도 짙었다. 첫눈에 봐도 술집 여자란 것을 알 수 있었다. 여자들은 소주를 몇 잔 마시더니 불새를 찾았다. 제일 연장자로 보이는 여자가 대뜸 소주잔을 건넸다. 불새는 곧바로 소주를 비우고 여자에게 잔을 다시 줬다.

"생긴 것만큼이나 매너가 좋네. 잘 생긴 아저씨가 여기서 썩

긴 아깝다. 이따 나갈 때 잠깐 나하고 밖에서 얘기 좀 해."

여자는 팁이라며 지갑에서 3만 원을 꺼내줬다. 여자들은 자리에서 일어서면서 불새를 찾았다. 불새는 여자들을 따라서 밖으로 갔다.

"우리 가게에 웨이터가 비었어. 어때? 일 해보지 않겠어?"

불새는 여자들을 다시 한 번 살펴봤다. 그녀들의 몸 뒤로 서기(瑞氣)가 어리는 것 같았다. 그 순간 불새는 깨달았다. 왕자가 계모의 박대에서 신데렐라를 구했듯이 그녀들이 자신의 숯검정을 씻어줄 것임을. 그래서 불새는 그녀들의 뒤를 따랐다. 신데렐라가 무도회에서 왕자를 만났던 것처럼 자신의 운명을 수직 상승시켜줄 이를 만나기 위해서. 그렇게 불새는 화류계 생활에 발을 디뎠다. 룸살롱 웨이터 일은 적성에 맞았다. 우선 수입이 짭짤했다. 봉급 외에도 매일같이 10만 원 넘게 팁을 받았다. 그리고 무엇보다도 자신을 몹시 사랑해주는 여자들이 있었다. 신데렐라에게는 유리 구두 한 짝을 들고 찾아온 왕자가 있었다면, 불새에게는 서로 팁을 챙겨주려는 업소 여자들이 있었다. 때로는 사랑이 지나친 나머지 불새를 놓고 종종 다투기도 했지만.

어깨가 벌어지고 나서 불새는 웨이터 일을 집어치웠다. 웨이터 선배가 호스트바 메인으로 가면서 불새를 불러들인 것이다. 불새는 금세 가게의 에이스가 됐다.

호스트바 손님의 절반은 호스티스였고, 불새는 누구보다도 호스티스의 생리를 잘 알고 있었다. 우선 호스티스들은 놀 줄 알았다. 점잔 빼느라고 제 욕망을 숨기는 경우가 없었다. 그렇다고 노골적으로 들이대지도 않았다. 큐피드의 화살을 당기는 건 손짓 한 번으로도 충분했다. 그녀들은 입을 떼지 않고도 제 속에 있는 말을 다 전할 줄 알았다. 눈짓만으로도 상대를 뇌쇄할 수 있는 프로들이니까.

세상에서 가장 불가해한 것은 아마도 남녀의 만남일 것이다. 거기에는 어떤 법칙도, 경우의 수도 존재하지 않는다. 그저 두 눈빛이 마주치는 순간만이 있을 뿐이다. 그렇게 두 눈빛이 마주쳐 서로 원하는지를 묻고 답할 뿐이다.

화류계들만큼이나 '시작이 절반'이라는 말을 실감하는 이들도 없을 것이다. 손님들이 선수들을 고르는 초이스 자리는 그야말로 순간이다. 룸의 문을 열고 들어가서 인사를 하면 일시에 손님들의 시선을 받게 된다. 그 짧은 순간에 모든 게 결정된다.

화류계에서는 전혀 때가 안 탄 것은 닳을 대로 닳은 것만 못한 취급을 받는다. 팔리지 않는 꽃은 쓰레기와 다를 바 없다. 오죽하면 손님들로부터 선택받지 못했을 경우를 가리켜 '쓰레기 탄다'라고 표현하겠는가.

젊었을 때 불새는 한 번도 초이스 자리에서 돌아서서 문밖으로 나온 적이 없었다. 무슨 특별한 기술이 있었던 것은 아니었다. 그저 당당하지만 오만해 보이지 않는 태도로 제 이름을 소개했을 뿐이었다.

이성에 대한 감정은 용모에 의해 좌우되는 게 아니다. 일종의 끼(氣)랄까? 누군가를 만났는데 머리 뒤로 후광 같은 게 보일 때, 눈이 마주치는 찰나 그의 눈에서 환한 빛이나 어둡고 긴 그림자가 어리는 것 같을 때, 느닷없이 자신의 심장 박동이 베이스 드럼 소리처럼 들려서 귀가 먹먹할 때…. 그럴 때 필이 꽂히게 된다.

연애와 도박은 제법 공통분모가 많다. 연애나 도박을 잘하려면 패를 볼 줄 알아야 한다. 바닥에 깔린 패와 손에 들고 있는 패. 그리고 자신의 패와 상대의 패를 읽을 줄 알아야 한다. 손에 가려서 보이지 않는 히든카드는 상대의 얼굴에 쓰여 있기 마련이다. 그래서 선수라면 자신이 포커페이스를 취할 줄도 알아야 하고, 상대의 포커페이스도 읽을 줄도 알아야 한다. 아무리 좋은 그림을 그렸어도 달떠서 고조된 감정을 감추지 못하면 판을 키울 수가 없다. 반대로 너무 속내를 감춰도 판을 키우지는 못한다.

대체로 쓰레기를 타는 놈들은 다른 선수보다 자신을 내세우려고 공연한 허세를 부리거나, 다른 선수에게 주눅이 들어서 제 소개조차 제대로 못 하는 놈들이다.

엷은 웃음을 지으면서 눈빛으로 상대와 줄다리기를 할 수 있어야 본 게임에 낄 수 있다. 초이스 자리가 끝나고 테이블에 앉았을 때부터 시작되는 본 게임에.

본 게임은 상대에 따라 달라졌다. 초이스 자리부터 신고식을 하라면서 속옷을 벗어 보이라고 요구하는 손님, 시키는 대로 하지 않으면, '네가 손님이냐? 돈 내고 술 마시는 자리에서까지 내가 접대를 해야 하느냐? 사까시라도 해줄까' 소리를 버럭버럭 질러대는 손님, 다른 손님들이 보는 앞에서 멋대로 바지 지퍼를 내리는 손님…. 소위 '진상'이라고 불리는 상대를 만나는 날에는 일진이 사납기 마련이었다. 그런 날에는 투 페어 이상을 기대할 수 없었다. 하지만, 대부분은 트리플 이상을 손에 쥐게 돼 있었다.

손님 대부분은 술자리에서 만큼은 바닥에 깔린 패를 보는 것으로 만족했다. 선수는 선수를 알아봤다. 불새는 언제라도 손님의 마음을 훔칠 준비가 돼 있었고, 작업이 개시되는 순간 손님은 주머니에서 쇠고랑을 꺼내서 채울 준비가 돼 있었다. 훌륭한 선수일수록 상대의 히든카드를 확인하기 마련이니까.

호스트바에서 에이스로 이름을 떨칠 때는 부러울 게 없었다. 배기량 좋은 스포츠카가 아우토반을 질주하는 형국이었다. 모든 게 잘 풀리는 듯했다. 지갑에는 항상 현금이 두둑했고, 명품이 아니면 입지도, 신지도, 차지도 않게 됐다.

한동안 연락이 끊겼던 어머니를 찾아가기도 했다. 어머니는 의붓아버지와 헤어지고서 혼자 살고 있었다. 매달 어머니에게 두둑이 생활비를 줄 수 있어 뿌듯했다.

그런데 언젠가부터 생활이 꼬이기 시작했다. 호빠 선수도 운동선수와 마찬가지로 한철 장사여서 한창때 한몫 단단히 잡아야 하는데 불새는 그러질 못했다. 게다가 도박 때문에 늘 돈에 쪼들렸다. 목돈이 생길 때마다 하우스에 갔다. 밤새 카드놀이를 했다. 카드를 쥘 때마다 손아귀에 땀이 맺혔다. 더러는 따기도 했고 더러는 잃기도 했다. 결국에는 항상 빈털터리가 돼서 자리를 일어섰다. 무턱대고 배팅을 하는 게 문제였다. 내내 잘 풀리다가도 마지막 순간에 이성을 잃었다. 풀 하우스를 잡으면 상대편에서 포커를 내밀었다.

확실히 도박과 연애는 닮았다. 따는 놈과 잃는 놈이 공존한다는 점, 가슴패기를 쥐어뜯는 놈이 있어야 환호성을 지르는 놈이 있을 수 있다는 점, 그 끝이 벼랑인 줄 알면서도 달려간다는 점, 그리하여 두려움 없이 성큼 허방에 발을 디딘다는 점. 하지만, 손아귀 안에서 지은 집은 모래성처럼 금세 허물어졌다.

도박에 손을 대면서부터 불새는 여러 여자를 만나야 했다. 여자가 유일한 돈줄인 불새로서는 그 길밖에 달리 방법이 없었다. 문어처럼 여러 다리를 걸치다가 낭패를 보는 경우도 많았다. 여자한테 욕을 들으면서, 뺨을 얻어맞으면서 그렇게 청춘이 갔다.

자타가 공인하는 에이스 선수였지만 그에게는 불새라는 별명 말고는 남은 게 없었다. 불새라는 이름을 붙여준 건 선수생활을 시작하고 처음으로 사귄 호스티스였다. 불새의 본명은 태석이었다.

"너는 리버 피닉스를 닮았어."

"리버 피닉스?"

"미국 배우인데 죽었어. 고작 스물셋에. 리버 피닉스한테는 여러 이미지가 있어. 신경질적인 아이처럼 보여서 모성본능을 자극하기도 하고, 옆집에 사는 반항아 오빠처럼 보여서 그와 함께 멀리 도망치고 싶기도 하고. 너는 예명을 불새라고 하면 되겠다. 피닉스가 우리말로 불새니까."

하지만, 리버 피닉스가 땅속에서 백골이 될 때까지 불새는 화류계를 벗어나지 못했다. 호스트바에서 아빠방으로 밀려났을 뿐. 그러면서 모든 게 바뀌었을 뿐.

호스티스를 상대하다가 호스티스 출신의 주부를 상대하게 됐고, 조니워커나 발렌타인 같은 스카치위스키를 마시다가 임페리얼이나 윈저 따위의 국산 위스키를 마시게 됐고, 최신 댄스곡을 부르다가 최신 트로트 노래를 부르게 됐고, 백화점에 가서 아르마니 정장을 사 입다가 인터넷 쇼핑을 통해서 이

미테이션을 사 입게 됐고…. 그래도 변함없이 손님은 있었고, 더러는 손님과의 관계로 손님의 남자로부터 협박과 공갈과 폭력을 당해야 했고…. 다른 점이 있다면 예전에는 호스티스들과 교제하다가 그 호스티스들의 애인인 건달들에게 혼쭐이 났다면(건드리면 달려들어서 건달이라는데 제 여자를 건드렸으니 얼마나 달려들었겠는가?) 최근에는 주부와 교제하다가 그 주부의 남편인 각종 직업의 남편들로부터 협박을 받게 됐다는 것. '법보다 주먹이 가깝다'라는 냉정한 세상의 법칙을 몸소 체득했음에도, '내가 하면 로맨스고 남이 하면 불륜'이라는 말을 실감했음에도 불새는 그곳을 떠날 수 없었다. 만인에게 평등하다는 법도, 법보다 가깝다는 주먹도 한 번 불붙기 시작한 욕망을 잡을 수 없다는 것을 너무나 잘 알고 있었다.

수중에 돈이 마른 뒤부터 불새는 하우스에 못 가게 됐다. 대신 게임방에 다니게 됐다. 하우스에서 판을 벌이려면 적어도 100만원은 들고 있어야 하지만, 게임방에서 기계를 돌리는 데는 10만원밖에 들지 않는다.

불새가 게임방에서 즐겨 하는 게임은 다빈치 게임이었다. 다빈치 게임은 잭폿이 터지게 전에 화면에 예시가 뜬다. 우선 화면이 어두워진다. 배경이 낮에서 밤으로 바뀌는 것이다. 그리고 보석들이 상공에서 흘러내린다. 이어서 지구본이 돌고 모나리자 그림이 뜬다. 찡긋 윙크하는 모나리자만큼 예쁜 것도 없다. 최종적으로 상공에 온몸이 불타는 불새가 나타난다. 불새가 뜨면 가슴에도 활활 불이 타오른 것 같다.

게임장에 갈 때마다 판돌이가 묻곤 했다.

"불새야, 또 불새 잡으러 가는 거야?"

더러 그 말을 들으면 입맛이 썼다. 불새를 잡으러 가는 것도 불새이고, 불새에게 잡히는 것도 불새이기 때문이리라. 자기가 자신을 잡고, 자신에게 자기가 잡히는 게 도박이라는 생각이 들었다.

5,000달러를 박은 뒤에야 불새는 타임머신 기계에서 일어났다. 때마침 휴대폰이 울렸다. 판돌이였다.

"어디야?"

수화기 저편에서 판돌이가 다그치듯 물었다.

"마카오."

"또 손맛 보러 갔어?"

"가게는 어때?"

"어제 하루코 누나가 사장을 쳤어."

"치다니?"

"총으로 사장 허벅지를 쐈어. 누나가 며칠 쉰 뒤 다시 모이자고 해."

빠꾸가 하루코에게 총질을 당했다는 소식을 듣는 순간 불새는 만취한 이튿날 숙취 해소 음료인 여명을 들이킨 것처럼 속이 개운했다.

"하루코 누나는 빠꾸 대갈통에 대고 방아쇠를 당겨버리지 그랬대. 안 그래?"

"그건 그렇고, 좀 땄어?"

"아니."

"하긴 네가 딸 때가 있냐. 한국 건너오면 연락해."

"알았어."

판돌이의 전화를 받고 나니까 한결 기분이 좋아졌다. 깡만 있었다면 자신이 빠꾸에게 총구를 겨눴을 것이다.

빠꾸는 웨이터 선배였다. 후배들마저 하나둘씩 호스트바로 진출할 때까지도 빠꾸는 몽타주가 후져서 선수생활은 꿈도 못 꿨다. 돌도 구르는 재주가 있다더니 신은 빠꾸에게도 히든카드 한 장은 줬다. 웨이터 일을 관둔 뒤 빠꾸는 삐끼 일을 시작했다. 삐끼는 손님 한 명을 물어올 때마다 손님의 술값에서 3~4할을 챙겼다. 낯이 두껍고 말주변이 뛰어난 빠꾸는 하루에도 몇 명씩 손님을 물어왔다.

그러다가 자신이 직접 단란주점을 차렸다. 빠꾸는 장사 수완이 좋았다. 우선 아가씨들을 잘 관리했다. 젊고 섹시한 애들을 여기저기서 공수해왔다. 손님관리도 철저했다. 단골손님은 극진하게 모실 뿐만 아니라 술값도 시원하게 에누리해줬다.

하지만, 뜨내기손님은 대접이 달랐다. 손님이 취했다 싶으면 테이블에 가짜양주를 내놓았고, 필름이 끊긴 손님 앞에 터무니없는 액수의 계산서를 올려놨다.

이런저런 술장사를 하다가 빠꾸는 호스트바에 눈을 돌리게 됐다. 빠꾸는 인천 석바위에 호스트바를 차렸고, 그 과정에서 불새에게 많은 도움을 받았다. 당시 불새는 부산 해운대에 있는 호빠에서 선수로 뛰고 있었다. 빠꾸가 통사정을 해서 자리를 옮겼다.

빠꾸의 사업은 나날이 번창했다. 별명과 달리 뒷걸음치는 법이 없었다. 오직 앞만 바라보고 걷는 것 같았다. 아니, 뛰고, 나는 것 같았다. 술장사에서만큼은 빠꾸는 타짜였다. 잡는 패마다 그림이 되는 타짜. 빠꾸는 강남에 룸살롱 한 곳과 호스트바 한 곳을 운영했다. 그가 운영하는 가게들은 날마다 성황이어서 빠꾸는 철마다 차를 바꿨다. 하지만, 빠꾸도 모든 패를 잘 보는 것은 아니었다. 언젠가부터 빠꾸는 주식에 손을 대기 시작했다. 초반에는 재미가 좋았던 모양인데 그게 화근이었다. 잘은 모르지만, 주식도 도박과 같은 모양인지 빠꾸는 자신이 지닌 것을 모두 털어놓을 때까지 배팅을 멈추지 않았다. 끝내 빠꾸는 운영하는 가게 두 곳을 정리해야 했다. 그러고 나서 차린 게 아빠방이었다.

아빠방을 열 때도 빠꾸는 불새에게 도와달라고 부탁했다.

아빠방 장사가 호황을 누리자 빠꾸의 태도는 돌변했다. 호스트바에서 나온 지 얼마 안 된 선수들로 구성된 박스팀을 영입하면서부터 아빠방 영업은 정상궤도에 올랐다. 그때부터 빠꾸는 창립멤버라고 할 수 있는 선수들을 괄시하기 시작했다. 찬밥신세가 됐는가 싶더니 빠꾸는 주먹질까지 해댔다.

그간의 관계를 생각한다면 빠꾸가 그럴 수는 없는 일이었다. 빠꾸에게 호되게 맞자마자 불새는 가게 밖으로 튀어나왔다. 그리고 입간판에다가 가래침을 뱉었다. 빠꾸는 마이킹을 갚으라며 협박을 할 게 분명했다. 불새는 될 대로 되라는 심정이었다.

멀리서도 난주를 알아볼 수 있었다. 깔깔거리는 웃음소리가 먼 곳에서도 들렸다. 난주는 금붕어 기계 앞에서 앉아 있었다. 금붕어 기계는 무엇보다도 승부가 빠른 게 장점이었다. 기계 대부분은 10센트나 20센트짜리지만, 금붕어 기계는 1달러짜리였다. 그래서 그림들이 맞지 않으면 금세 돈이 줄었다. 보너스도 없었다. 오직 금붕어들이 나란히 걸리길 기대해야 했다.

난주가 목을 뒤로 젖히고 웃어댔다. 금붕어 세 마리가 왼쪽으로 사선을 그으면서 걸려 있었다. 게다가 15배당이었다. 3,000달러의 15배이니까 4만5,000달러였다.

"이번에는 큰 걸 물었네. 금붕어 세 마리가 걸린 건 처음 본

다."

"계속 2배당으로 돌리다가 15배당으로 바꾸자마자 터졌어."

난주는 흥분이 가라앉지 않은 목소리로 말했다. 이상하게도 불새는 기계에서 흘러나오는 효과음이 자신을 놀려대는 것만 같았다. 애써 속내를 감추고 웃으면서 물었다.

"대체 오늘 얼마나 딴 거야?"

"7만달러 정도."

불새는 속이 쓰렸다. 7만달러면 이틀 동안 자신이 잃은 돈과 거의 일치했다. 난주가 출금 버튼을 눌렀다.

"오빠, 나가자. 동대문 식당에 가서 소주에 족발이나 뜯자."

난주가 게임머니를 현금으로 바꿨다. 그리고 그 자리에서 불새에게 2만달러를 건넸다. 불새가 멀뚱히 난주를 쳐다봤다.

"가져. 개평이야."

불새는 얼른 돈을 받아서 주머니에 넣었다. 가져온 돈이 거의 바닥이 나서 그거라도 받아야지 이튿날을 버틸 수 있었다.

새벽녘에 불새는 한기에 잠이 깼다. 방이 싸늘했다. 난주가 자기 직전에 에어컨 온도를 내렸기 때문이다. 마카오는 사철 내내 덥고 습해서 실내에서는 반드시 에어컨을 가동해야 했다. 난주는 소주를 두 병이나 마셨더니 몸이 달아오른다며 발가벗은 채 잠자리에 들었다.

불새는 옆에 누운 난주에게로 손을 뻗었다. 자석처럼 둘의 몸은 금세 달라붙었다. 난주가 불새의 귓불을 빨았다. 불새가 난주의 젖꼭지를 애무했다. 난주의 아래는 금세 벌어졌다. 뜨겁게 발기한 성기가 깊숙한 곳으로 빨려 들어갔다. 달아오른 난주가 몸을 일으키더니 불새 위로 올라왔다. 난주와의 섹스는 항상 만족스러웠다. 몸과 마음이 동시에 젖었다. 몸을 파는 신세들이기에 둘은 상대의 몸짓만 봐도 속내를 읽을 수 있었다. 사정하고 나니 불새는 허허벌판에 홀로 남겨진 느낌이 들었다. 문득 난주의 나이가 자신보다 한참 어리다는 데 생각이 미쳤다. 피고 진다는 말이 입안에 맴돌았다. 난주가 모로 누운 불새의 등을 감싸 안았다.

불새는 난주를 처음 만났을 때가 떠올랐다. 성남의 아빠방 일할 때였다. 룸에 들어가 보니 앳돼 보이는 아가씨 셋이 앉아 있었다. 척보니 순이들이었다. 불새가 술을 따르면서 물었다.

"무슨 일을 해요?"

당돌해 보이는 한 아가씨가 답했다.

"술 팔고, 몸 팔고 그래요."

그 아가씨가 바로 난주였다. 난주는 '오디세이'라는 상호가 적힌 명함을 건넸다.

"한 번 놀러 와요. 서비스 잘해줄 게."

처음 한때는 호빠 최고의 선수로 불리던 내가 어쩌다가 단란주점 애들까지 상대하는 신세가 됐나 하는 자괴감이 들었다. 그날 낮에 노름빚을 받으러 온 깡패가 신체포기 각서를 들이대면서 협박을 했던 터라 자괴감이 더욱 컸는지도 모르겠다. 깡패는 신장이라도 팔아서 빚을 갚아야 할 것이라며 으름장을 놓았다. 그런데 술자리가 무르익을수록 난주에게 마음이 끌렸다.

스트레이트로 양주 석 잔을 연거푸 마시더니 난주가 일어서서 마이크를 잡았다. 난주는 렉시의 〈애송이〉를 불렀다.

내 이름은 왜 묻는데. 유치하게.
나는 머리 좋은 필 좋은 여자.
자신 있음 이리 와봐. 애송이들아.
감동이 없어. 재미도 없어. 별 볼 일 없어.

새파랗게 어린 게 손가락질을 해대는 게 꽤 도발적으로 보였다. 세상의 모든 남자를 내려다보는 것 같은 눈길도 여간 당돌한 게 아니었다. 이상한 것은 며칠 후 불현듯 난주의 눈길이 떠올랐다는 사실이었다. 그리고 한번 떠오르자 좀처럼 뇌리에서 사라지지 않았다. 중고 명품 매장에 갖고 있던 옷가지들을 팔고서 돌아올 때였다. 노름빚을 갚기 위해서는 그 방법밖에는 달리 도리가 없었다.

먼저 자동차부터 정리해야 했다. 이어 옷가지들도 팔아넘겨야 했다. 매장에 판 물건들은 손님들로부터 선물로 받은 것들이다. 각종 슈트, 재킷, 티셔츠, 구두, 시계, 선글라스…. 한 달 봉급으로 빠듯하게 한 가족이 생활해야 하는 일반적인 샐러리맨들이라면 감히 엄두도 못 낼 명품들이다. 물건들을 팔 때였다. 불새는 그 물건들을 사준 여자들이 스쳐 갔다. 가게 문을 열고 들어오기 전까지만 해도 그저 값비싼 메이커 물건에 지나지 않았다. 무한히 먼 심연에서 아우성이 들려왔다. 입안에서 소용돌이치는 말이 있었다.

가게를 나오자마자 쇼윈도에 비친 자신의 모습을 보면서 불새는 한동안 우두커니 서 있어야 했다. 자신의 몸속이 텅 빈 것만 같았다. 몸속에는 정체를 알 수 없는 존재가 웅크리고 앉아 있을 것만 같았다.

쇼윈도에 비친 자신의 모습이 너무 낯설게 느껴졌을 때 난주의 눈길이 떠올랐다. 젊었을 때로 되돌아가고 싶었던 것일까? 아니면 그 시절에 만났던 누군가를 떠올렸던 것일까? 알 수 없는 일이었다.

그날 불새는 낮부터 소주를 마셨다. 술에 잔뜩 취한 뒤 명함에 적혀 있는 '오디세이'를 찾아갔다. 난주는 대번 불새를 알아봤다.

"이게 누구야? 얼른 신용카드 내놔. 양주 값만 받을 게. 안주는 내가 쏘지. 뭐."

불새는 등 뒤로 따뜻함이 전해지는 게 느껴졌다. 난주의 온기였다.

"오빠 그거 알아? 서로 등을 돌리고 자는 애인들의 눈이 마주치려면 지구 한 바퀴를 돌아야 하는 거."

"무섭다."

불새가 등을 돌리고 난주와 눈을 맞췄다.

"더 무서운 게 있어. 한 명은 등을 돌리고 자고, 한 명은 그 등을 바라보며 자는 거야. 그러면 지구 한 바퀴를 돌아도 둘의 시선은 마주칠 수 없잖아."

난주의 말에 불새는 코가 시큰해졌다. 그렇게 자신이 누군가에게 등을 돌리고 떠난 적도 있었고, 누군가는 자신에게 등을 보이고 떠나기도 했다. 불새는 난주를 꽉 끌어안으면서 말했다.

"이 세상에서 제일 재밌는 게임이 뭔지 알아?"

"마작."

"아니, 러시안룰렛. 내가 살기 위해서는 누군가는 죽어야 하는 게임. 사람은 누구나 살다 보면 본의 아니게 러시안룰렛을 하게 돼 있어. 가끔 나는 나와 또 다른 내가 러시안룰렛을 하는 것을 상상해봐. 만약 내가 운이 좋아서 살아남았다 해도 또 다른 나는 죽겠지. 역으로 또 다른 내가 살아남으면 나는 죽을 테고. 러시안룰렛에서 이긴 사람들은 평생 마음에 죄책감을 안고 살지도 몰라. 어떻게 보면 러시안룰렛은 이겨도 지는 게임인 거지."

난주에게서는 아무런 대답이 없었다. 고른 숨소리만 들렸다.

눈이 부셔서 일어나보니 난주가 커튼을 열었는지 창밖에 태양이 보였다. 구름이 많은 마카오에서는 좀처럼 보기 어려운 광경이었다. 난주가 벌거벗은 채 차창 밖을 바라보면서 말했다.

"오빠, 저기 봐. 샌즈 카지노 건물 유리벽에 마카오 앞바다가 담겼어."

난주가 손가락으로 가리키는 곳을 보니 건물 외벽에 영어 이름 말고도 사금(砂金)이라는 한자가 쓰여 있었다. 그러고 보니 샌즈 카지노의 유리벽은 황금색이었다. 그 황금빛 유리들에 마카오 풍경이 비쳤다. 구름 몇 점과 바다를 질주하는 쾌속정. 화산모양의 테마파크. 샌즈 카지노 유리벽에는 또 하나의 마카오가 펼쳐져 있었다. 난주가 담배를 피우면서 말했다.

"유리벽에 비친 게 더 실제 같다."

오후 늦게까지 방에서 뒹굴다가 둘은 호텔을 빠져나왔다. 인근 음식점에서 굴국수를 먹은 뒤 둘은 카지노로 향했다.

"제대로 한 건 해야지. 우리의 굿 럭을 위해서."

난주가 손으로 V자를 만들었다. 그리고 힘차게 카지노를 향해 앞장서서 걸었다.

불새는 계속해서 금붕어 기계에다가 돈을 쑤셔 박았다. 아무리 미끼를 던져도 금붕어들은 낚이지 않았다. 10배당으로 돌렸기 때문에 남은 4만 달러를 날리는 데는 그다지 많은 시간이 걸지 않았다. 이제 수중에 남은 건 홍콩에서 인천공항으로 돌아갈 비행기 표뿐. 홍콩에서 보내기로 한 1박 2일의 숙식비도 난주에게 신세를 져야 할 처지가 됐다.

난주를 찾아보니 카드를 하고 있었다. 카드 한 장을 갖고 딜러와 싸우는 게임이었다. 난주 말고도 다섯 명의 중국인이 게임을 하고 있었다. 제법 많이 땄는지 난주 앞에는 칩이 수북이 쌓여 있었다. 사람들이 각기 칩을 걸었다. 다들 한두 개씩 거는데 난주만 칩 열 개를 걸었다. 딜러가 난주의 칩들 앞에 열 개의 칩을 세웠다. 카드가 돌았다. 난주가 건 자리에 하트 9가 놓였다. 마지막으로 딜러의 카드가 놓였다. 스페이드 9였다. 그럴 때는 칩 스무 개를 더 걸고 다음 카드를 보거나 아니면 쌓인 칩의 절반만 가져갈 수 있다. 난주가 입가에 미소를 지으면서 칩 스무 개를 밀었다. 이번에는 난주와 딜러의 카드만 돌았다. 난주 앞에 다이아몬드 퀸이 놓였다. 딜러 앞에는 하트 2가 놓였다. 난주가 딴 것이다. 난주가 깔깔거리며 웃어댔다.

"이상하게 계속 딜러와 같은 숫자가 나오는 거야. 덕분에 배로 딸 수 있었어."

한 중국인이 난주를 향해 엄지를 치켜세워 보였다. 다른 중국인들이 큰소리로 환호성을 질렀다. 난주가 땡큐를 연발하더니 칩을 가방에 쓸어 넣었다. 환전소에서 바꿔 보니 2만 달러에 가까웠다. 난주는 이전에도 세 번이나 칩들을 바꿨다고 했다. 카드 게임을 해서 10만 달러를 벌었다는 것이다. 한화로 치면 1,500만원이 넘었다. 환전소에서 돈을 받더니 난주가 불새에게 2만달러를 건넸다. 사실 불새는 한 몫 잡으면 베네시안 쇼핑몰에 가서 난주에게 뭔가 근사한 것을 사주고 싶었다. 쇼핑몰에는 루이뷔통, 페라가모, 구찌 등 명품 매장이 즐비했다. 하지만, 거꾸로 난주에게 개평이나 받는 처지가 됐다.

"살면서 이렇게 잘 터진 적이 없어. 보나 마나 다 잃을 것 같아서 올 때 공항 환전소에서 1만달러밖에 안 바꿔 왔는데 첫날에 3만달러, 둘째 날에 7만달러, 셋째 날에 10만달러를 땄어. 20만달러를 딴 거야. 그 돈을 벌려면 내가 2차를 몇 번이나 나가야 되는 줄 알아? 오빠 개평 준 걸 빼고도 16만달러를 벌어들인 거야. 이번 마카오 여행은 완전히 오르가슴의 연속이야."

난주가 카지노를 나오면서 팔짝팔짝 뛰면서 기뻐했다. 불새는 자신이 얼마를 잃었는지 계산해봤다. 신용카드를 긁어서 들고 온 7만달러에다 난주가 준 2만달러까지 다 날렸다. 흥분이 가라앉자 난주가 불새의 눈치를 살폈다.

"너무 신이 나서 오빠 잃은 생각은 못했네."

"괜찮아. 대신 네가 땄잖아."

한국으로 돌아오기 전에 불새와 난주는 홍콩에 들러서 1박을 했다. 둘은 영화인 거리를 거닐었다. 바다에는 홍콩의 야경이 비쳐서 흐르고 있었다. 거리의 풍경이 고스란히 바다에 비치는 광경은 비단잉어가 노니는 연못 위로 화르르 벚꽃이 지는 모습을 떠오르게 할 만큼 고혹적이었지만, 한편으로는 한강에 비친 야경과 별반 다를 게 없어 실망스럽기도 했다. 생각난 듯 불새가 물었다.

"'홍콩에 배만 뜨면'이라는 말 들어봤어?"

"아니."

"내가 어릴 때 허풍 잘 떠는 놈들이 곧잘 지껄이던 말인데. 가령 이런 식이야. 오빠 나 핸드백 사줘, 하고 여자가 조르면, 남자가 이렇게 말을 하는 거야. 조금만 기다려. 홍콩에 배만 뜨면 사줄 테니까. 어릴 때는 홍콩에 배만 뜨면, 이라는 말이 무슨 뜻인지 몰랐지. 근데 여기 와서 보니 알겠더라고."

불새가 바다 위에 떠 있는 배를 손가락으로 가리켰다.

"저기 지나가는 큰 배 보이지. 타이타닉호처럼 생긴. 저게 카지노 여객선이야. 홍콩에서는 카지노가 불법이거든. 그래서 편법으로 땅이 아닌 바다에 뜬 배 위에서 카지노를 운영하는 거지. 소문으로는, 저 카지노 여객선에서 30억을 딴 한국 사람이 있대."

"진짜?"

"바카라를 했는데 배팅을 얼마나 크게 했는지 30억을 땄다는 거야. 그런데 남자는 배에서 내려서 서울로 가는 비행기를 탄 게 아니라 마카오로 가는 여객선을 탔어. 아마도 짜릿한 손맛을 못 잊어서 그랬을 테지. 남자는 마카오에서 1주일 만에 30억을 날렸어. 거기서 멈췄으면 좋은데 남자는 본전 생각에 건달들한테 제 명의의 아파트를 담보로 돈을 빌려 썼어. 결국 다 날리고 빈털터리가 됐지. 처자식 볼 면목이 없어서 그랬는지 아니면 한국으로 돌아가면 재판을 받아야 해서 그랬는지 남자는 마카오에 불법체류하면서 걸식생활을 한대."

거기서 말을 끊고 불새는 담배를 입에 물었다.

"만약 네가 도박을 해서 30억을 땄다면 그 돈으로 뭘 할래?"

난주는 잠시 생각에 잠겼다.

"글쎄. 적당한 빌딩을 살 것 같아. 가게들 세 놔서 또박또박 월세나 받아먹게. 아니면 도심에 절대로 망하지 않는 체인점을 내거나. 그러는 오빠는?"

기다렸다는 듯이 불새가 입을 뗐다.

"나는 마카오로 갈 거야. 이야기 속의 주인공처럼. 뺑바리 포커 치는 것도, 슬롯머신 돌리는 것도 지겹고. VIP룸에서 제대로 손맛을 보는 게 내 꿈이야. 인생에는 두 가지 길이 있다. 하나는 기적은 없다고 믿는 것이며, 다른 하나는 모든 게 기적이라고 믿는 것이다. 아인슈타인의 말이야. 이 말을 도박에 적용하면, 잭폿 같은 건 애초 없거나, 아니면, 항상 잭폿이거나. 사람은 누구나 자기중심적이잖아. 그러니까 도박을 하는 사람들은 대부분 '내가 따면 필연이고 남이 따면 우연'이라고 생각하는 거야."

불새가 길게 담배 연기를 내뿜었다. 연기가 허공에 흩어졌다.

"지금도 저 배 안에서는 누군가는 환호성을 지를 테고, 또 누군가는 바닥이 꺼져라 한숨을 쉴 테지. 하지만, 누가 돈을 왕창 따든, 또 누가 돈을 몽땅 잃든 상관없이 내일이면 멀리 나갔던 배가 돌아오겠지. 그리고 잠시 항구에서 쉰 뒤 배는 바다로 나아가겠지. 그렇게 변함없이 카지노의 슬롯머신은 돌아갈 테고. 그러니까 변치 않는 사실은 내일도 홍콩에는 배가 뜬다는 것 아니겠어? 배가 뜨니까 홍콩에 배만 뜨면, 하는 허튼 바람을 지닌 사람도 계속해서 생기는 거고."

불새는 고갤 돌린 뒤 난주와 눈을 맞추고 말했다.

"그 허튼 바람이 도박의 전부인지도 모르지. 인생이라는 것도 일종의 게임이라면 이왕이면 잃는 것보다는 따는 게 좋잖아. 하지만, 마지막 패가 해피 엔드가 아니라고 해도 상관은 없어. 설령 마지막에 가진 것 다 잃는다 해도 그동안 만끽했던 손맛의 기억만큼은 남으니까."

불새는 말을 마치자마자 느닷없이 팔을 뻗더니 난주의 손을 잡았다. 난주의 손바닥이 땀으로 축축했다.

"이 동네는 날씨가 습해서 사시사철 손에 땀이 맺혀. 카드를 쥘 때처럼. 그래서 좋아."

비행기 안에서 난주는 장국영 화보를 계속 뒤적였다. 화보는 홍콩 영화인 거리의 상점에서 산 것이다. 난주는 장국영의 팬이다. 나이도 어린 게 왜 요즘 인기 있는 연예인을 좋아하지 않고 옛날 꽃날 배우를 좋아하는지 모르겠다.

난주는 마카오에 오면 별 볼일도 없는데 홍콩에 들르자고 했다. 홍콩에 가서 들르는 곳은 영화인 거리뿐이었다. 영화인 거리의 바닥에는 홍콩 영화배우들의 손도장이 즐비했다. 별 모양 안에 새겨진 손도장들은 밤하늘을 밝게 빛내다가 홀연히 떨어진 유성들 같았다. 장국영은 영화인 거리가 만들어지기 전에 죽어서 손도장도 남기지 못했다. 그저 바닥에는 그의 이름과 살다간 연대만 찍혀 있을 뿐이었다. 그런데도 난주는 장국영의 이름에 대고 입술을 맞춰댔다.

난주가 화보의 한 사진을 손가락으로 가리키면서 말했다.

"믿을 수 있겠어? 이렇게 예쁜 사람이 땅속에 묻혔다는 게. 아니, 이렇게 꽃같이 예쁜 사람이 이 세상을 살다 갔다는 게."

난주가 가리킨 사진은 영화 스틸 컷 중 하나였다. 검은 배경에 하얀색 치파오를 입은 장국영이 서 있다. 그는 손에 빨간색 꽃신 한 켤레를 들고 있다. 물끄러미 허공을 응시하고 있는 두 눈. 체념한 듯도 하고 초극한 듯도 한 눈빛. 유심히 보니 사진 속에 장국영이 둘이다. 사진이 두 페이지에 걸쳐 있는데 장국영의 모습은 왼쪽 페이지에만 새겨져 있다. 그런데 지면에 광택이 있어서 오른쪽 검은 배경에 장국영의 모습이 거울처럼 투영되고 있었다.

"내가 오빠를 왜 좋아하는지 알아?"

불새는 시선을 돌리고 딴청을 부렸다.

"처음 본 날 오빠는 술에 취해서 노래를 부르다 말고 멋대로 널브러져서 넋두리했어. 누구한테 하는 것인지도 모르겠는 말이었어. 나는 그때까지 그런 눈을 본 적이 없었어. 다 날려 버리고 담배를 피우는 노름꾼의 눈 같았다고 할까?"

들고 있던 사진집을 덮으면서 난주가 말을 이었다.

"어릴 때 아빠가 티켓다방을 했어. 다방을 해서 번 돈으로 단란주점을 차렸고. 그래서 이런저런 언니들을 봤지. 그중에 유독 기억에 남는 언니가 있어. 하루는 그 언니랑 시내로 쇼핑을 간 적이 있는데…. 터미널에서 떠나는 버스를 보면서 언니가 이런 말을 하는 거야. 왜 왼쪽으로 도는 초침은 없을까? 왜 뒤로 가는 바퀴는 없을까? 봄날이어서 쏟아지는 빛 한줄기가 언니의 블라우스에 닿았어. 블라우스에 새겨진 꽃무늬가 환해지대. 봄날 꽃피듯. 처음 오빠의 눈을 봤을 때 그 언니 생각이 났어. 이상하지?"

불새는 피식, 웃음이 났다.

"남은 심각하게 얘기하는데 왜 웃어?"

불새는 혼잣말을 했다. 왼쪽으로 도는 초침이 있다면, 뒤로 가는 바퀴가 있다면….

고개를 돌려서 난주를 쳐다봤다. 간혹 난주를 볼 때 드는 기시감의 정체가 무엇인지 알 것 같았다. 그리고 중고 명품 매장에 가진 것들을 팔고 나왔을 때 느닷없이 난주의 눈빛이 떠올랐는지도 알 것 같았다. 불새는 차고 있는 오메가 시마스터를 봤다. 노름빚을 갚느라 다른 명품 시계들을 팔아치울 때도 애써 남겨둔 시계였다.

호빠에 들어온 지 3년쯤 지났을 무렵이었다. 불새는 호스트바에서 만난 호스티스와 사귀고 있었다. 애인의 오피스텔에서 자는 날이 많아지다가 나중에는 거의 동거하다시피 하게 됐다.

하루는 한 여자에게서 전화가 걸려왔다. 여자는 대뜸 시간 좀 비워달라고 했다. 애인과 같은 업소에서 일하는 여자였다. 여자는 불새를 만나자마자 손목을 잡고 하우스로 데리고 갔다. 판돈은 여자가 댔다. 시간이 가는 줄 모르고 카드를 조이다가 일도 못 나가게 됐다. 둘은 가진 돈이 다 털릴 때까지 손맛을 봤다.

새벽녘에 하우스를 나와서 둘은 모텔로 향했다. 모텔 방에 들어서자마자 여자가 기다렸다는 듯 입을 맞췄다. 여자는 손으로 불새의 셔츠 단추를 풀면서 키스를 멈추지 않았다. 여자의 혀가 불새의 가슴을 핥고 지나가 성기에 멈췄다. 먼동이 터오는 모텔 방에서 둘은 한몸이 됐다. 이전에도 더러 그런 경우가 있었다. 애인의 친구와의 관계. 은밀한 관계는 항상 공인된 관계보다 항상 더 짜릿했다.

오후에 일어난 둘은 해장국집에서 간단히 허기를 채웠다. 여자가 불새에게 선물을 사주겠다고 했다. 못 이기는 척 불새는 여자를 따라서 백화점에 갔다. 불새는 오메가 시마스터를 골랐다.

여자가 신용카드를 꺼내서 점원에게 줬다. 잠시 후 돌아온 점원의 표정이 굳어져 있었다. 여자가 건넨 신용카드가 분실 신고된 것이라고 했다. 오래지 않아서 경찰들이 와서 둘을 경찰서로 연행해갔다.

조서를 꾸미면서 형사에게서 사건의 경위를 들을 수 있었다. 여자가 불새 애인의 지갑을 훔쳤다는 것이다. 순이들 중에는 더러 손버릇이 나쁜 애들이 있었다. 여자가 그런 모양이었다. 불새는 애써 자신과는 무관한 일이라고 생각하려고 했다.

참고인 진술을 끝내고 나니 애인이 나타났다. 애인을 보니 양심의 가책 같은 게 밀려왔다. 그래서 더욱 뻔뻔하게 행동해야 했다. 자신은 절도사건과는 무관하다고 마음속으로 몇 번이고 되뇌었다. 애인은 보자마자 여자의 뺨을 세차게 후려쳤다. 그리고 불새를 뚫어질 듯 쳐다봤다.

"저 년이 내 지갑을 훔친 날이 언젠지 알아? 바로 내가 낙태수술 한 날이야. 저년이 문병이랍시고 와서는 내 지갑을 훔쳐 달아난 거라고. 그런데 너는 저년하고 내 돈으로 밤새 포커를 쳐. 그렇게 포커가 좋냐?"

불새는 애인이 왜 낙태수술 얘기를 자신한테 하는지 모르겠다는 표정을 지었다. 불새는 애인에게 따지고 싶은 심정이었다. 네 돈을 훔친 건 내가 아니고 네 친구다. 그리고 지운 뱃속의 애가 내 씨라는 증거도 없지 않냐? 1주일에도 몇 번씩 2차를 나가는데 애아버지가 누군지 어떻게 아느냐? 불새의 속내를 훤히 꿰뚫어보는지 애인은 씁쓸한 표정을 지으면서 말을 이었다.

"내가 왜 너한테 뱃속의 애를 지운다는 얘기를 안 했는지 알아? 내가 몸 파는 년이니까."

애인이 불새한테 오메가 시마스터를 툭, 던졌다.

"이거 사려다가 잡혔다면서? 그래서 경찰서 오기 전에 내가 사왔어. 이별선물이니까 가져. 마지막으로 한마디만 할 게. 아무리 생각해봐도 너는 개새끼야. 네가 개새끼라는 데 내 목숨을 걸 수도 있어. 그리고 너 같은 개새끼의 씨를 지운 건 내가 살면서 그나마 가장 잘한 일일 거야."

말끝에 애인의 선글라스 아래로 검은 물이 흘러내렸다. 눈물에 번진 마스카라였다. 불새는 못 볼 것을 본 것만 같았다.

더러운 건, 차마 눈뜨고는 못 보겠는 건 애인의 뺨에 흐르는 검은 물이 아니었다. 그건 바로 자신의 속내였다. 온갖 비열한 꿍꿍이를 감추고 있는 자신의 마음에 비한다면 애인의 몸은 비교도 안 되게 깨끗하다는 것을 깨달을 수 있었다.

불새는 비행기 창밖을 바라봤다. 시야 아래로 온갖 기이한 형상을 한 구름이 깔렸다. 시선을 떼려는데 창에 비친 얼굴이 보였다. 내가 이렇게 생겼던가 하는 생각이 들었다. 낙태한 배냇아이가 살았다면 지금쯤 어떤 모습을 하고 있을까? 불새는 어릴 적 사진첩에 끼워져 있던 친아버지의 흑백사진이 떠올랐다. 짙은 눈썹, 선명한 쌍꺼풀, 높은 콧대, 활처럼 휜 입술…. 누가 봐도 붕어빵을 찍어놓은 것처럼 자신을 닮은 얼굴이었다. 뱃속에서 무엇인가를 간절히 움켜쥐려고 안간힘을

쎴을 배냇아이의 모습이 스쳐 갔다. 불새는 마음이 착잡했다. 잡으려고 하면 할수록 헛되이 사라져버리던 수많은 카드 패들. 그리다 만 카드 패를 내려놓을 때 밀려오던 그 끝 모를 허탈감. 돌이켜 보면 그 허망함을 맛보기 위해 너무 많은 것을 잃었다. 불새는 언젠가 한 고객에게서 들은 이야기가 떠올랐다.

한 가난한 이가 친구의 집을 찾았다가 술이 잔뜩 취해 잠이 들었다. 친구는 볼일이 있어 외출하면서 가난한 친구를 위해 보배구슬을 넣어주고 갔다. 하지만 술이 취했던 그는 자신의 주머니에 무엇이 들어있는지도 모르고 떠났다. 오랜 세월 뒤 친구와 다시 만났다. 친구가 예전과 변함이 없는 그를 보고 말했다.

"예전에 네가 나를 찾아왔을 때 값비싼 보배구슬을 너의 옷속에 넣어줬는데, 너는 아직도 옷과 먹을 것을 구하기 위해 고생하며 살고 있구나. 그 보물 구슬로 네가 필요한 것을 얼마든지 살 수 있다."

어쩌면 누구나 보배구슬을 몸속에 지니고 있다는 생각이 들었다. 다만 인생의 성공여부는 자신에게 숨겨져 있는 보배구슬을 찾느냐에 달려 있을 뿐. 생각이 여기까지 미치자 후회가 밀려왔다. 자신이, 제집의 처마 밑에 사는 줄도 모르고 먼데까지 파랑새를 찾아 떠나는 소년처럼 느껴졌다. 제 손아귀에 이미 보배구슬이 쥐어져 있는데도 아득히 먼 곳만 바라봤던 과거의 날들이 스쳐갔다.

불새는 인생이라는 게임에도 딜러가 있다면 지독하게 약은 놈이거나 백치에 가까울 정도로 멍청한 놈일 거라는 생각이 들었다. 돌아보면 삶은 블랙잭 게임 같았다. 손에 쥔 카드들의 숫자의 합이 21에 가까울수록 유리한 블랙잭. 스물한 살 이후 자신에게 주어진 카드는 항상 조커뿐이었다. 화류계 생활에 인이 박이면서 거반 광대가 됐다. 좋아도 좋은 내색 못하고 싫어도 싫은 내색 못하는 포커페이스의 광대. 그렇게 일찌감치 남을 속이는 데 익숙해지다 보니 언젠가부터 자신마저도 속이게 됐다.

불새는 고공병 때문인지 귀가 먹먹했다. 땅의 인력에서 멀어진 비행기가 국경을 넘고 있을 것이다. 열에 뜬 꿈을 꾸면 인천공항에 닿겠거니 생각하면서 지그시 눈을 감았다.

차일드 인 타임(Child in time)

세상은 돌고 돈다. 레코드처럼.

판돌이는 딥 퍼플의《인 록(In Rock)》앨범을 꺼내면서 그런 생각을 했다. 레코드를 들어서 표면 상태를 살펴봤다. 자주 듣는 레코드여서 표면에 흠집이 많았다. 여기저기 칼자국이 있는 깡패의 낯바닥을 떠올리게 했다. 콤팩트디스크였다면 표면이 무지개빛으로 번쩍였을 것이다.

여러모로 레코드와 콤팩트디스크는 차이가 있다. 레코드의 사전적인 의미는 기록이다. 소리를 기록했다는 뜻이다. 레코드는 사전적인 의미에 매우 충실한 매체라고 할 수 있다. 레코드는 충격에 민감했다. 반면 콤팩트디스크는 손상이 거의 없다. 크기도 다르다. 레코드의 표준 규격이 지름 30센티미터이지만, 콤팩트디스크는 12센티미터에 지나지 않다. 가청주파수도 차이가 있다. 레코드와 달리 콤팩트디스크는 인간이 들을 수 있는 가청 주파수만 담는다. 여러 면에서 볼 때 콤팩트디스크보다 레코드는 시대에 뒤처진 매체라고 할 수 있는데도 판돌이는 레코드를 고집해왔다. 가진 레코드는 3,000장이 넘었지만, 콤팩트디스크는 500장에 지나지 않았다. 이사할 때마다 레코드들이 가장 큰 골칫거리였지만, 한 번도 정리해야겠다는 생각을 해 본 적이 없었다.

판돌이는《인 록》앨범을 테크닉스 턴테이블에 걸었다. 테크닉스 턴테이블은 디제이로 일할 때 샀다. 판돌이는 잠시 자신이 왜 레코드만 고집하는지 생각해봤다. 디제이를 할 때부터 하나둘씩 모은 것이기 때문일까? 어쩌면 레코드라는 매체의 특성을 좋아하는지도 모르겠다. 레코드는 그 주인이 걸어온 행보도 고스란히 기록하니까. 아무래도 자신은 디지털형 인간보다는 아날로그형 인간에 가깝다는 생각이 들었다.

판돌이는 레코드 바늘을 〈차일드 인 타임〉의 시작 부분에 올려놓았다. 레코드는 밖에서 안으로 점차 나선형 구조로 좁혀지는 달팽이 껍질 같았다. 콤팩트디스크와 레코드의 차이점 중 하나는 저장 방식이다. 콤팩트디스크는 안에서 밖으로, 레코드는 밖에서 안으로 신호를 저장한다. 따지자면 콤팩트디스크는 외향적이고 레코드는 내향적이라고 할 수 있다.

〈차일드 인 타임〉의 전주가 울려 퍼졌다. 오르간 소리가 장중하다. 나지막이 보컬이 시작된다. 보컬의 음성이 점차 고조된다. 급기야 절규하기에 이른다. 기타 소리가 등장하면서 보컬은 잦아든다. 이번에는 보컬 대신 기타가 운다. 키보드와 보컬과 기타가 선두 경쟁을 벌이는 내내 드럼과 베이스는 노래의 배경이 된다. 정작 심박동을 뛰게 하는 건 리듬 악기이다. 그렇게 하모니를 이루면서 노래는 끝으로 치닫는다. 노래는 울음으로 바뀌면서 끝을 맺는다.

레코드 위에 얹어진 바늘을 보고 있으면 소리의 길이 안으로 나 있다는 것을 알 수 있다. 바늘은 물결처럼 일렁이는 음의 골을 따라 안으로만 파고 들어간다. 기차의 궤도와 같은 예정된 구간을 순조롭게 쫓아가는 바늘. 때로는 바늘이 제 운행을 포기하는 때도 있다. 그곳에는 어김없이 상처가 있다. 생채기에 딱지가 앉았을 때 기필코 그것을 뜯어내 상처를 덧내야 마음이 편해지는 사람처럼 바늘도 상흔의 자리에 멎으면 그곳을 쉴 새 없이 할퀴어댄다. 레코드판의 흠집은 잊으려고 하면 더욱 생생하게 떠오르는 아픈 기억 같다.

노래가 끝났는데도 판돌이의 귓가에는 공명(共鳴)이 쟁쟁했다. 판돌이는 속으로 노래를 중얼거렸다.

〈Child In Time〉, Deep Purple in Rock, 1970

Sweet child in time you'll see the line.
The line that's drawn between the good and the bad.
See the blind man shooting at the world.
Bullets flying taking toll.

아이는 머지않아 분간할 줄 알게 된다.
선과 악 사이에 그어진 경계선을.
세상을 향해 총을 쏘아대는 장님을 보아라.
총알은 날아다니고 죽음을 알리는 종소리들.

판돌이에게 〈차일드 인 타임〉의 노랫말 뜻을 알려준 것은 형이었다. 판돌이가 중학교 1학년 때였다. 형은 청계천에서 사온 해적판 표지를 보여주면서 말했다.

"재밌지? 미국 사우스다코타 주에 있는 러시모어 산의 장관을 패러디한 거야. 러시모어 산에는 조지 워싱턴, 토머스 제퍼슨, 시어도어 루스벨트, 에이브러햄 링컨이 조각돼 있거든. 《인 록》은 자신들이 하드록의 대통령이 되겠다는 포부를 밝힌 거라고 할 수 있어."

피가 뜨겁던 20대에는 판돌이는 레드 제플린과 딥 퍼플의 노래들을 즐겨 들었다. 프랙탈 이론이라고 했던가? 대중은 음의 변화폭이 그다지 크지 않은 곡과 큰 음의 폭으로 변하는 횟수가 주파수에 반비례하는 곡을 선호한다고 했다. 하드록을 즐겨 듣는 이들은 무질서와 불규칙, 우연과 낯섦을 동경하는 이들, 즉, 심장이 뜨거운 젊은이들이라고 했다. 젊은 시절 판돌이는 막연히 어딘가로 도망치고 싶었다.

판돌이의 음악적 취향이 바뀐 것은 공교롭게도 록음악을 이끈 주인공들이 일렉트릭 기타 대신 어쿠스틱 기타를 들고서 자장가 같은 노래를 부르기 시작하던 무렵이었다. 소위 말하는 언플러그드 콘서트였다. 70년대에는 포크를 하는 사람들도 일렉트릭 기타를 들었는데, 90년대부터는 록을 하는 사람들도 어쿠스틱 기타를 들었다.

《인 록》은 형이 금성 전축을 사면서 함께 산 앨범이었다. 판돌이의 가족은 하늘이 가까운 동네에서 살았다. 대문을 열면 먼저 장독대가 보이고, 수돗가에서 채소를 다듬고 있는 어머니가 보였다. 그리고 낮은 슬레이트 지붕이 끝나는 지점에 놓여 있던 들마루. 휴일이면 형과 온종일 들마루에 누워 전축에서 흘러나오는 노래를 들었다.

그때 하늘을 떠돌던 잠자리 떼들은 어디로 갔을까? 세월 저편에 뭔가를 두고 온 것만 같았다. 정작 중요한 알맹이는 놓고 필요 없는 껍데기만 들고 온 것만 같았다.

레코드가 다 돌아갔을 때 초인종 소리가 났다. 혹시 빠꾸가 온 게 아닌가 싶어서 현관문에 달린 렌즈에 눈을 들이밀었다. 하루코였다.

"사장인 줄 알고 놀랐잖아."

문을 열어주면서 판돌이가 말했다.

"총질은 내가 했는데 네가 쫄 게 뭐 있어? 걱정할 거 없어. 빠꾸는 한동안 다리 아파서 움직이지도 못할 거야."

하루코가 집으로 들어오더니 제집인 양 거실 한가운데 벌러덩 누웠다.

"왜 이렇게 일찍 왔어?"

"불새와 떨이는 집에 없어?"

"둘 다 어젯밤에 안 들어왔어. 시간 맞춰서 올 거야. 열두 시에 모이기로 했잖아."

판돌이는 주방으로 걸음을 옮기면서 말했다. 주전자에 물을 받은 뒤 가스레인지 위에 올려놨다. 주전자에서 기적 소리가 났다. 커피를 머리맡에 갖다 주자 하루코 가 몸을 일으키고 기지개를 켰다.

"열 시 반에 친구를 만나기로 했거든. 시간이 남아서 음악이나 들으려고 왔어."

"친구? 누구?"

하루코가 커피를 후루룩 마셨다. 그리고는 소주라도 마신 것처럼 카, 하고 소리를 질렀다.

"빠꾸와의 관계를 풀어줄 해결사. 그건 그렇고 음악 좀 틀어봐. 시원한 걸로."

"딥 퍼플 틀어줄까? 누나 딥 퍼플 좋아하잖아."

"내가 뭘 알아. 네가 들어보라고 주니까 듣는 거지. 근데 이번에 준 시디는 딥 퍼플 노래 같지가 않더라."

"뭐가 어떻게 달라?"

"전에 들은 것들은 신나게 때려 부수는 소리가 났는데, 이번 거는 이타이이타이병에 걸린 사람처럼 징징거려."

판돌이는 턴테이블에 딥 퍼플의 《스톰브링거(Stormbringer)》를 걸었다.

"이 노래 좋지? 〈솔저 오브 포천〉. 딥 퍼플 노래 중에서 가장 대중적인 곡이야. 옛날에 음악다방이나 나이트클럽 블루스 타임에 곧잘 틀어줬던 곡이니까."

"그러고 보니까 빵빵이 돌 때 들으면 좋겠다. 연놈이 침대에 자빠질 상상을 하면서 엉덩이 딱 밀착시키고 들으면."

"딥 퍼플은 《기네스북》에 가장 시끄러운 밴드로 이름이 올라 있어. 그래서 흔히 딥 퍼플이라고 하면 신나게 때려 부수는 노래만 떠올리지. 그런데 딥 퍼플은 기수별로 음악이 달라. 딥 퍼플은 총 4기로 나뉘어. 1기부터 3기까지는 계속 보컬과 베이시스트가 바뀌어. 4기에서는 기타가 교체돼. 1기는 클래식

하지. 1기 대표곡인 〈에이프릴〉은 아트록이라고 해도 무방할 정도야. 2기에 와서는 하드록을 지향해. 《인 록》이나 《머신 헤드(Machine Head)》 앨범은 하드록의 교과서라고 불릴 정도야. 3기 데이비드 커버데일의 목소리는 허스키해서 소울에 잘 어울려. 리치 블랙모어가 음악적인 견해차로 그룹을 떠나게 돼. 그래서 영입한 게 토미 볼린이고. 4기 때는 재즈적인 분위기가 짙지."

"그래서 너는 몇 기가 제일 좋냐?"

"어릴 때는 딥 퍼플을 안 좋아했어. 레드 제플린을 좋아했어. 딥 퍼플은 레드 제플린에 비교하면 사운드가 단순하거든. 근데…."

"근데 뭐?"

"언젠가부터 딥 퍼플도 좋아지더라고. 세상이 변화무쌍하기도 하지만 단순명료하기도 하다는 생각이 들면서부터. 선명한 가운데 조성미가 뛰어난 게 딥 퍼플 노래의 매력이니까."

"그건 또 무슨 소리냐?"

"왜 우리도 어릴 때는 이지적인 걸 동경하잖아. 누나도 어릴 때는 공부 잘하는 애를 좋아하지 않았어? 그러다가 조금 나이가 더 들어서는 박력 있는 사람이 좋아지고. 세월이 지나면 세상 고민 혼자 다 하는 것 같은 쓸쓸한 사람한테 자꾸 눈길이 가고. 이렇게 저렇게 지나고 나면 젊은 날의 추억만 남게 되고."

"오호! 판돌이! 제법 구라가 되는데."

느닷없이 하루코가 엉덩이를 주물럭거렸다. 판돌이는 달라붙는 파리를 내쫓듯이 손바닥으로 하루코의 손등을 친 뒤 일어났다.

"저 기타는 네 거냐?"

하루코가 거실 한쪽에 놓인 일렉트릭 기타를 손가락으로 가리켰다. 판돌이가 대수롭지 않게 고개를 조아렸다.

"어릴 때 배워봤는데 음치라서 그런지 실력이 늘지 않더라고."

"하긴 네가 기타를 잘 쳤으면 딴따라가 됐겠지 판돌이가 됐겠어."

판돌이는 물끄러미 깁슨 레스폴 모양의 기타를 바라봤다. 기타는 형이 대학에 진학한 뒤 과외수업을 해서 번 돈으로 산 것이다. 형의 손이 닿을 때마다 오르가슴을 느낀 여체처럼 탄성을 내지르던 기타였다.

"아까 딥 퍼플 몇 기를 좋아하느냐고 물었지? 나는 4기가 좋아. 토미 볼린이 몸담았을 때 라인업이니까. 딥 퍼플 4기의 영상을 본 적이 있어. 관객들의 표정에 실망한 기색이 역력했어. 고속도로를 질주하는 것 같은 리치 블랙모어의 기타를 기대했던 팬들에게는 토미 볼린의 흐느적거리는 기타가 듣기 싫었을 테지. 토미 볼린의 기타는 하드록에 어울리지 않아. 하지만 그의 기타는 누구보다도 섹시해. 그의 기타 소리를 듣고 있으면 스물다섯 살 이후의 삶은 사족에 불과하다는 생각이 들어. 누나가 말한 대로 사람도 연식이란 게 있잖아. 20대가 넘어서면 뜨거워서 손을 데면 댈 것 같은 엔진이 언제 그랬냐는 듯 천천히 식어가잖아."

바닥에 누워 자전거 페달을 밟듯 발을 구르면서 하루코가 말했다.

"근데 걔는 왜 그렇게 일찍 갔냐?"

"코카인 과다 복용으로."

"그 새끼, 떨이하고 같은 과구나."

하루코가 허공에서 버둥거리던 두 다리를 바로 하더니 벌떡 일어섰다.

"나갔다 올 게. 열두 시까지 들어올 게."

불새가 제일 먼저 집에 도착했다. 시계를 보니 11시40분이었다. 불새가 배가 고프다고 투덜댔다. 판돌이는 20분만 기다리면 사람들이 모두 모일 테니까 조금만 참으라고 했다. 정확히 10분 후 떨이가 나타났다. 12시20분이 돼서야 하루코가 왔다. 친구와 함께였다. 남자가 현관에 들어섰을 때 판돌이는 깜짝 놀랐다. 어딘지 모르게 낯익다 싶어 유심히 살펴보니 오래

전에 나이트클럽 디제이로 일할 때 영업부장으로 있던 승룡이었다. 승룡이 나이트클럽에서 한 일은 문지기 즉, 기도였다. 승룡은 몸이 날렵했다. 꼬장을 부리는 10여명의 사내를 혼자서 순식간에 해치웠다. 상대들은 어깨가 쫙 벌어진 것으로 봐서는 건달들이 분명했다. 허공에 승룡의 두 발이 현란하게 춤을 추는가 싶더니 복도가 다 차다시피 하게 서 있던 비겟덩어리들이 사지를 뻗고 누워 있었다.

"승룡이 형!"

"어! 너 진두 아니냐! 이게 얼마 만이냐? 그래, 어떻게 지냈어?"

판돌이는 뭐라고 답을 해야 할지 막막했다.

"그냥, 그저, 그렇게 지냈어."

무심코 내뱉은 말인데, '그냥, 그저, 그렇게'라는 말만큼 자신의 이력에 들어맞는 말도 없는 것 같았다. 말하지 않아도 어떻게 살았는지 훤히 알겠다는 듯 승룡이 고개를 주억거렸다.

"그러는 형은?"

승룡이 싱겁게 웃더니 입을 뗐다.

"나도 그냥, 그저, 그렇게 지냈지."

승룡은 얼굴에 조금씩 잔주름이 생겼다는 것뿐 까무잡잡한 피부며 찢어져서 올라간 날카로운 눈매며 얼굴은 예전 그대로였다.

판돌이가 디제이 일을 시작한 것은 열여덟 살 때였다. 처음에는 음악다방을 돌았다. 음악다방 디제이들은 대학생 출신이 많아서인지 대중음악에 조예가 깊었다. 디제이 선배들은 팝은 물론이고, 포크, 록, 프로그레시브 록, 블루스, 재즈 음악도 즐겨 들었다. 선배들에게 대중음악에 대해 배우다 보니 두 해가 갔다. 디제이가 되고서 처음으로 받은 급여는 18만 원이었다. 하루에 네 시간밖에 일하지 않는다는 것을 고려한다면 적지 않은 금액이었다. 당시 미용실 시다의 월급보다 세 배가 많은 금액이기도 했다. 마이크에 대고 멘트를 할 수 있게 되면서 급여는 30만원으로 뛰었다. 파트타임으로 근무했기 때문에 음악다방 두 곳만 돌아도 한 달에 60만원을 받을 수 있었다. 그런데 판돌이가 일하던 음악다방들이 차례차례 문을 닫기 시작했다. 음악다방의 시대가 저물어 가고 있었다. 이후 판돌이는 나이트클럽 디제이로 뛰게 됐다.

나이트클럽은 음악다방보다 처우가 좋았다. 음악다방에서 나이트클럽으로 옮긴 뒤 급여는 두 배로 뛰었다. 처우가 좋은 만큼 전문적인 기술도 요했기 때문에 한동안은 선배 디제이들의 조수 노릇을 해야 했다. 샘플링, 스크래칭, 저글링, 믹싱 등 기술을 익히는 데 6개월이 걸렸다. 그동안 판돌이는 하우스라는 이름으로 불렸고, 선배들이 시키는 궂은 심부름을 군소리 없이 해내야 했다.

나이트클럽 디제이는 라이브 디제이, 스탠다드 디제이, 믹싱 디제이로 나뉘었다. 처음에는 매끄럽게 노래가 연결되게 판을 갈아주고 기계를 조작하면 됐다. 이 단계까지가 믹싱 디제이다. 음악의 흐름이 바뀔 때마다 멘트나 랩을 할 줄 알아야 스탠다드 디제이가 됐다. 라이브 디제이는 음악에 맞춰서 춤도 춰야 했다. 각 단계에 따라 나이트클럽 디제이의 급여는 판이해졌다.

판돌이도 스탠다드 디제이 단계까지는 무리 없이 올라갈 수 있었다. 문제는 춤이었다. 판돌이는 음치인데다가 박치였다. 무대에 올라서 음악에 맞춰 춤을 추려고 하면 항상 몸은 엇박자로 움직였다. 열정과 재주는 왜 비례하지 않는 것일까? 라이브 디제이가 되기까지 판돌이는 다른 동료 디제이들보다 두 배의 노력을 해야 했다. 노력 끝에 어떤 노래에도 자유롭게 스텝을 밟을 수 있게 됐다. 라이브 디제이가 돼서 무대에 올랐을 때의 감흥은 이루 형언할 수 없었다. 어렵게 올라갔지만 판돌이는 오래지 않아 무대에서 내려와야 했다. 가요계에 불어닥친 댄스그룹의 열풍 때문이었다. 나이트클럽 무대의 주인공도 솔로에서 팀으로 바뀌기 시작했다.

판돌이도 다른 라이브 디제이들과 함께 댄스팀을 결성해야 했다. 팀에서 판돌이의 역할은 미미했다. 다른 팀원이 앞에서 현란한 춤 솜씨를 뽐내면 그 뒤에서 리듬에 맞춰 스텝을 밟으면서 박수를 쳐주는 게 고작이었다. 디제이들은 춤 솜씨에 따라서 모든 게 갈렸다. 손님들에게 인기가 많은 것도, 업소에서 급여를 많이 받는 것도 춤을 잘 추는 디제이였다. 나이트클럽 디제이는 디제이라기보다는 춤꾼에 가까웠다. 판돌이는 점차 혼자 무대에 섰을 때가 그리워졌다. 적어도 그때는 들러리가 아니었다. 춤을 잘 추든 못 추든, 인기가 많든 적든 자신이 무대의 주인공이었다. 자격지심인지도 모르겠지만, 팀원들이 자신을 있어도 그만이고 없어도 그만인 유령인간처럼 대하는 것 같았다. 팀원들의 사소한 말실수에도 마음이 상하더니, 나중에는 나이트클럽 디제이 일 자체에 염증이 생겼다.

무엇보다도 음악에 대한 열정이 없는 디제이들의 모습이 가장 꼴불견이었다. 자신이 만난 나이트클럽 디제이 중에 음악에 대해 조예가 깊은 사람은 없었다. 콤팩트디스크 한 장에 한 타임 분량을 녹음해놓고, 무대에 올라서 흐르는 노래에 춤만 춰대는 이들이 허다했다.

판돌이는 2년만에 나이트클럽 디제이 일을 관뒀다. 일하는 동안 제법 돈을 모았기 때문에 한동안은 빈둥거리며 지낼 수 있었다. 자신을 화려하게 치장하는 법부터 배우는 게 화류계이기 때문에 저축한 돈은 금세 바닥이 났다. 결국, 다시 일자리를 찾아야 했다. 그때 디제이 친구가 소개해준 곳이 대전 유성에 있는 디제이바였다. 말이 좋아 디제이바이지 사실상 호스트바였다. 디제이바에서 판돌이는 댄스뮤직을 틀어놓고 사이키 조명 아래서 탬버린을 흔들어야 했다. 나이트클럽 디제이만도 못한 일이었다.

판돌이는 자신이 삼류 기타리스트라도 된 것 같았다. 한때는 음악에 대한 열정으로 기타를 배웠으나 먹고 살기 위해서 남녀가 부둥켜안고 돌아가는 카바레에서 뽕짝이나 쳐대는 밴드마스터. 노예라도 부리듯 함부로 자신을 대하는 손님을 만날 때마다 당장에라도 일을 때려치우고 싶었다. 하지만 그 생활도 점차 몸에 익어갔다. 언젠가부터 손님이 자신의 무릎 위에 앉으면 수치심이 아니라 성욕이 밀려왔다. 양손은 여자의 허벅지와 가슴을 더듬고, 성기는 손님의 둔부가 있는 곳으로 바짝 다가가게 됐다.

"누나가 얘기한 해결사가 승룡이 형이었어?"

"둘이 아는 사이야?"

하루코가 둘을 번갈아가며 본 뒤 물었다. 승룡이 답했다.

"예전에 내가 문지기 섰던 나이트클럽에서 진두가 디제이로 일했어."

하루코가 알겠다는 듯 고개를 조아렸다.

"알고 보면 세상 참 좁아."

불새와 떨이가 현관 앞으로 왔다. 그런데 승룡을 보더니 불새의 낯빛이 하얗게 질렸다. 잠시 승룡의 눈이 커지기도 했다.

승룡이 불새의 어깨를 손바닥으로 내리치면서 웃었다. 불새가 어깨를 옴츠렸다.

"뭘 그렇게 놀라? 왜 내가 다시 신장 떼다가 판다고 협박할까 봐서?"

승룡이 얘길 듣고서야 둘이 어떻게 아는지 짐작이 갔다. 보나 마나 불새가 승룡이 하는 하우스에 뻰질나게 들락거렸을 것이다. 그러다가 노름빚도 갖다 썼고, 노름빚을 갚는 과정에서 고초도 치렀을 것이다. 아마도 승룡이 신체 포기 각서를 들고서 돈을 갚지 않으면 신장을 떼어내 팔겠다고 으름장을 놨을 것이다. 둘의 모습을 보니 세상이 좁다는 생각이 들었다.

"둘이 어떻게 알아?"

둘의 얼굴을 번갈아 올려다보면서 하루코가 물었다. 승룡이 대수롭지 않게 답했다.

"빠꾸가 내 가게로 데리고 와서 알게 됐어."

대충 알겠다는 듯 하루코가 고개를 끄덕였다. 초면인 승룡과 떨이가 인사를 했다.

판돌이는 중국집에 요리를 시켰다. 주문한 요리가 배달되자 일행들은 거실 한가운데 둥글게 모여 앉았다. 떨이가 은근슬쩍 승룡이 옆에 앉았다. 떨이는 중학교 동창이다. 농구를 하면 센터 역할만 하는 떨이였다. 그런 떨이가 조신하게 앉아 있는 것을 보려니 절로 웃음이 났다.

하루코가 건배를 외쳤다.

"우리들의 공사를 위하여."

나머지 일행들이 따라서 외쳤다. 짜장면을 젓가락으로 저으면서 하루코가 입을 뗐다.

"며칠간은 빠꾸 형이 치료를 받느라 움직일 수 없을 거야. 하지만, 머지않아서 빠꾸 형에게서 소식이 올 거야. 나한테 독이 오를 만큼 올랐을 테니까."

불새가 발끈했다.

"우리가 잘못한 게 뭐 있어? 자기가 시킨 대로 했는데도 나중에는 주먹질까지 해댔잖아. 그게 말이 돼. 룸에다 침대를 쑤셔 넣고 거기서 장사를 하라는 게. 아무리 바닥 친 따라지 인생이라지만 그건 좀 심하잖아. 사장이 선수를 안 챙기면 누가 챙겨. 돈독이 올라도 어지간해야지."

떨이도 맞장구를 쳤다.

"사장은 외모만큼이나 정신세계가 독특해. 뇌 구조가 남들과는 다른 사람이야. 장사가 잘되면 자기가 가게를 잘 운영해서 그런 거고, 매상이 안 오르면 우리가 열심히 안 뛰어서 그런 거고."

하루코가 서둘러 말을 잘랐다.

"너희 말이 한마디도 틀리지 않은데…. 빠꾸 형도 음지에서 잔뼈가 굵은 사람인데 가만히 손 놓고 멍 때리진 않을 거야. 게다가 판돌이와 불새는 빠꾸 형한테 빚이 있잖아. 불알친구들이니까 아마 승룡이 형이 가서 잘 어르면 빠꾸 형도 마음을 돌릴 거야. 이 자리에 승룡이 형을 부른 것도 그 때문이고."

동의를 구하는 듯 하루코가 승룡을 쳐다봤다. 승룡은 잔에 담긴 이과두주를 입에 털어 넣은 뒤 고개를 끄덕였다. 하루코가 말을 이었다.

"그전에 우리는 빠꾸한테 줄 돈을 준비해야겠지. 적어도 너희 마이킹 쓴 건 갚아야 하지 않겠어. 그리고 우리 앞길도 생각해야지. 언제까지 이렇게 손가락만 빨고 있을 수 없잖아. 그래서 하는 말인데 공사 칠 만한 상대를 물색해봐."

너나 할 것 없이 선수들이 난감한 표정을 지었다. 아무리 머리를 쥐어짜도 거금이 나올 만한 물주가 없었다. 그나마 가장 단골손님이 많은 게 불새였지만, 불새의 손님 중에는 큰손이 없었다. 불새의 고객들은 전직 호스티스 출신의 마담이나 주부들이 많았다. 주부보다는 마담이 공사 대상으로서는 적격이지만, 세상사에 닳을 대로 닳은 그녀들이 공사에 쉽게 넘어올 리 만무했다. 주부들은 공사를 치기는 쉽지만, 낙찰된다고 해도 소형공사에 불과할 게 뻔했다.

"나만 잘되려고 하는 일이 아니잖아. 기한은 한 달로 잡고, 그 안에 각자 돈을 마련해보자. 나도 5,000만원을 만들어 올

테니까 너희도 제 몫을 만들려고 노력해 봐. 물론 강제하는 건 아냐. 어쨌든 사고를 친 건 나니까. 원치 않는데 물귀신처럼 강제로 너희를 끌고 갈 생각은 없어. 다만 어차피 일이 이렇게 됐으니 합심해서 새로 아빠방을 차려 보자는 거지. 어때 내 생각?"

말 중간에 하루코가 모인 사람들을 둘러봤다.

"판돌이와 불새는 빠꾸한테 마이킹 쓴 게 있으니까 3,000만 원씩. 떨이는 빚이 없으니까 할당량은 없어. 이의 있어?"

이의를 제기할 수 없었다. 사장을 치는 일은 누구나 내심 바라던 바였다. 뿔뿔이 흩어지면 상황은 더 나쁜 쪽으로 흐를 게 분명했다. 어디서고 선뜻 받아주기에는 이미 퇴물이 된 선수들이다. 더군다나 빚이 있는 둘은 언제 빠꾸에게 끌려가서 신체 포기 각서에 서명할지 모르는 처지였다.

떨이는 말없이 고개만 조아렸다. 손톱을 만지작거리던 떨이가 말을 꺼냈다.

"모아둔 돈도 있고 하니까 나도 1,000만원 낼 게. 너나 할 것 없이 힘든 상황인데."

하루코가 기특하다는 듯 떨이를 물끄러미 쳐다봤다.

판돌이는 마땅히 손을 벌릴 데가 없었다. 20년 가까이 선수 생활을 했는데, 힘들 때 어깨를 기댈 매니저 한 명이 없다니.

착잡했다. 이유 없이 거리를 배회하는데, 핸드폰 벨이 울렸다. 샤데이였다. 그러고 보니 자신한테는 샤데이가 있었다. 샤데이 정도라면 제법 대형공사의 물주에 해당했다. 만난 지 1년도 안 됐는데도 샤데이는 오래전부터 알고 지낸 사이처럼 대했다. 샤데이는 흑인 혼혈이다. 열여섯 살 때부터 이태원 업소를 돈 샤데이는 악착같이 돈을 모아서 몇 년 전에는 서울 근교에 조그만 막살롱을 열었다. 그런데 싼 값에 산 막살롱 자리가 재개발 구역에 묶이게 됐다.

판돌이는 전화를 받았다.

"며칠 전에 가게에 가보니까 너 없더라. 가게 사람들이 앞으로 너 안 나올 거라고 하던데…. 무슨 일 있어?"

순간 판돌이의 머릿속에서는 스파크가 일었다. 샤데이에게 공사를 쳐야겠다는 생각이었다.

"내가 피치 못할 사정이 생겨서 일을 관두게 됐어."

"무슨 사정?"

"전화로 말하기에는 그렇고, 만나서 얘길 했으면 좋겠는데."

"그럼, 가게로 와. 지하철역에서 내려서 전화해. 내가 나갈게."

샤데이에게 가는 내내 판돌이는 머리에 쥐가 나는 것 같았다. 급히 돈이 필요한 경우가 뭘까? 그래, 형이 위암에 걸렸다고 하자. 그래서 자신이 병구완을 해야 해서 일을 관두게 됐다고 하자. 말미에 형의 수술비가 없어서 걱정이라는 말을 흘리자. 과연 샤데이가 속아 넘어가 줄까?

샤데이는 예전에 업소 사람들한테 장아찌로 불렸다. 누군가는 그런 말을 했다고도 한다. 스님들은 화장하면 사리가 나오지. 너는 화장하면 소금이 나올 거야. 이 짠순아. 틀린 말은 아니었다. 샤데이는 선수들에게 팁을 주지 않기로 소문이 자자했다. 그런데 판돌이에게는 예외였다. 그 이유를 알 수 없었다. 자신에게 만큼은 항상 호의적이라는 것. 판돌이는 거기에 일말의 기대를 걸 수밖에 없었다.

지하철역 앞에서 샤데이에게 전화를 걸었다. 20분 후쯤 샤데이가 나타났다. 가게는 역에서 멀지 않은 곳에 있었다. 굴다리 바로 옆에 줄지어 늘어선 막살롱들. 굴다리를 지나는 내내 소변 냄새가 코를 찔렀다. 낮이어서 불이 꺼진 간판들이 보였다. 우산 속, 장미, 아방궁….

몇 달 전부터 건달들이 샤데이의 가게를 싼값에 사려고 혈안이 됐다고 했다. 그 생각을 하자 마음이 어두워졌다. 알 박기를 하는 건달들은 어떤 짓도 서슴지 않는다. 당장에라도 목줄을 따겠다는 태도로 달려드는 건달들한테는 그 누구라도 두 손을 들게 돼 있다. 하지만, 샤데이는 달랐다. 건달들이 나타나면 팔뚝을 걷고 맞섰다. 그런 샤데이가 자신의 알량한 거짓말에 호락호락 넘어갈 리 없을 듯싶었다.

즐비한 막살롱들 한가운데 샤데이의 가게인 '흑진주'가 있었다. 흑진주. 그건 샤데이의 애칭이기도 했다. 예전 샤데이는 한 접시로 불렸다. 입술을 썰면 한 접시는 나오겠다는 뜻에서. 아닌 게 아니라 샤데이는 흑인 혼혈이어서 아랫입술이 두툼했다. 그리고 두툼한 입술에 걸맞게 노래도 잘 불렀다. 대부분 한국 사람이 소울을 부르면 그 노래는 트로트가 되는데, 샤데이는 소울창법을 완벽하게 소화했다. 언젠가 술에 취해서 샤데이가 넋두리 같은 말을 한 적이 있었다.

"왜 그렇게 그 별명이 듣기 싫을까? 마흔이면 어지간한 건 다 견디는 나이인데…. 하긴 어릴 적에는 검정 개를 검둥이라고 부르는 것만 봐도 배알이 꼴렸으니까."

샤데이의 속내를 읽을 수 있었다.

"샤데이라는 가수 알아? 샤데이의 별명이 뭔지 알아? 흑진주야."

판돌이가 말을 마치자 샤데이가 뚫어지라 쳐다보다가 대뜸 입을 맞췄다.

샤데이의 가게는 테이블이 다섯 개 놓여 있는데도 실내가 꽉 차게 보일 만큼 아담했다. 인테리어랄 것도 없었다. 홀 한가운데 노래방 기계가 놓여 있었다. 벽에는 맥주 회사에서 준 비키니수영복 차림의 미녀 사진이 박혀 있는 큼지막한 달력이 걸려 있었다. 맥주 거품이 흘러서 찌든 테이블에 앉자 샤데이가 커피를 타러 주방으로 들어갔다. 가게 한쪽에 커튼을 쳐서 가린 주방은 사람 하나 간신히 운신할 수 있을 정도로 크기가 작았다.

판돌이는 커피가 유난히 쓰게 느껴졌다. 커피잔을 내려놓으면서 판돌이는 얼른 입을 떼야겠다고 생각했다. 자칫하다가는 말도 못 꺼낼 것 같았다. 다행히 샤데이가 눈치를 살피면서 먼저 무슨 일이 있느냐고 물었다.

"실은 형이 위암에 걸려서 내가 병구완을 해야 할 것 같아. 부모님 일찍 돌아가시고 피붙이라고는 둘 뿐인데 나라도 형 곁에 있어야지. 몇 년 전에 이혼해서 형을 돌볼 사람이 없거든."

샤데이가 말없이 듣기만 했다. 판돌이는 허공을 응시하면서 한숨을 길게 내쉬었다.

"이나 저나 걱정이네. 어디서 형 수술비를 마련해야 할지. 수술비며, 병원비며 3.000만원은 들 것 같은데. 모아둔 건 없고, 지닌 건 빚밖에 없으니…. 어디서 사채라도 쓰고 싶은데, 사채도 담보가 있어야 빌려줄 텐데…."

말끝에 판돌이는 샤데이의 눈치를 살폈다. 물수제비 뜬 수면처럼 샤데이의 눈이 심하게 흔들렸다. 판돌이가 손부채를 부치면서 말했다.

"가슴에서 불이 나서 그런가 목구멍에 모래알들이 버석거리네. 누나, 맥주 좀 줘."

말이 떨어지기 무섭게 샤데이가 일어서면서 말했다.

"후까시 양주 한 병 있는데, 폭탄주로 마실래?"

판돌이는 잔뜩 찡그렸던 인상을 펴면서 답했다.

"좋지."

샤데이가 주방으로 들어가는가 싶더니 오래지 않아서 마른 안주에 조니워커 블루라벨을 들고 왔다. 양주병을 보는 순간 판돌이는 알 수 있었다. 샤데이가 들고 온 양주는 후까시가 아니라는 걸. 하긴 맥주라면 모를까 양주에 후까시가 어디 있겠는가? 더군다나 이런 막살롱에서 조니워커 블루라벨을 팔 리도 만무했고, 설령 판다고 해도 그걸 마실 손님도 있을 리 없었다. 샤데이는 어디선가 받았거나 일부러 사둔 양주를 꺼내 들고 온 것이었다.

샤데이가 맥주잔에다 양주를 쫄쫄쫄 따르더니, 그 위에 맥주를 따라 부었다. 그렇게 두 잔을 만들더니 한 잔을 판돌이 앞에 놓았다. 판돌이는 멀뚱히 샤데이를 쳐다봤다.

"낮술 마시고 저녁에 어떻게 영업하려고?"

"오늘 하루 쉬지. 뭐."

샤데이가 잔을 부딪치면서 말했다.

"너무 걱정하지 마. 산 입에 거미줄이야 치겠냐?"

판돌이는 담배에 불을 붙여 물었다.

"나야 어떻게든 살면 되지만 형이…."

판돌이는 허공을 쳐다보면서 길게 한숨을 내쉬었다. 샤데이가 한 손으로 손을 잡더니 다른 손으로 손등을 쓸어줬다. 샤데이는 별다른 말이 없었지만, 공사가 성공적으로 진행되고 있다는 걸 느낄 수 있었다. 주거니 받거니 하다 보니 금세 양주가 바닥이 났다. 테이블 위에는 빈 술병들이 서 있었다. 샤데이가 비틀거리면서 노래방 기계 앞으로 가더니 마이크를 잡았다.

"진두 기분도 풀어줄 겸 내가 위로의 노래를 불러줄 게."

샤데이의 노래는 언제 들어도 절창이었다. 노래를 듣고 있으려니 판돌이는 이렇게까지 해서 돈을 마련해야 하는 자책감이 들었다. 샤데이가 노래를 마친 뒤 잠긴 목소리로 말했다. 그리고 손으로 어깨를 토닥였다. 샤데이의 손길은 암캐의 혓바닥이 떠오를 정도로 부드럽고 따뜻했다. 세상의 모난 송곳니에 물리고 돌아와 신음하는 수캐의 상처를 핥아주는 암캐의 혓바닥. 쉰밥 한 덩어리에 이빨 드러낼 때마다 매번 먼저 꼬리를 내리는 수캐의 그 비루먹은 자리도 싹싹 쓸어주는 암캐의 긴 혓바닥이 떠올랐던 것이다.

일요일 오후, 불새가 돈을 세고 또 셌다. 1,500만원이었다. 돈을 다 센 뒤 불새는 여기저기 단골들한테 전화했다. 눈치를 보니 불새는 기간 안에 3,000만원을 무리 없이 구할 수 있을 것 같았다.

저녁에는 하루코가 집으로 들이닥쳤다. 하루코는 포드 머스탱이 아니라 스쿠터 오토바이를 타고 왔다.

"차는 어디다 두고?"

"팔았어."

하루코의 손에는 DVD가 쥐어져 있었다.

"그건 뭐야?"

"예술영화."

판돌이가 하루코를 빤히 쳐다봤다.

"예술영화?"

"포르노 영화. 주연은 몸매 죽이는 하루코."

"언니, 근데 상대는 누구야?"

떨이가 물었다. 하루코가 귀를 후비면서 답했다.

"옛날에 일했던 학원 원장. 일할 때 꽤 껄떡거렸거든. 전화해서 술 한잔하자고 했더니, 떡밥인 줄 모르고 얼른 달려들더라고."

판돌이가 심드렁하게 말했다.

"근데 저걸 어쩌려고?"

"뭘 어째. 남자한테 들고 가서 보여줘야지. 그리고 3,000만원을 요구하는 거지. 돈을 안 주면 영상을 아내한테 건네겠다고 협박을 하면서."

"학원 문도 닫았다면서? 근데 어떻게 돈을 뜯어내겠다는 거야?"

"마누라가 대입학원을 크게 해. 학원 원장 할 때도 바지사장이나 마찬가지였어. 실제 사장은 마누라였어. 저 남자 취미가 골프야. 골프장 회원권도 있어. 골프장 회원권이 최소 얼만지 알아? 5,000만원이야. 까짓 3,000만원이야 골프장 회원권만 팔아도 마련할 텐데 뭘."

이번에는 불새가 물었다.

"근데 영상은 어디서 났어?"

"원래 연놈 붙어먹는 거 밝히는 데는 흥신소 전문이잖아. 요즘 파는 캠코더들은 주먹보다도 작아. 그러니 호텔방 한쪽에 설치해도 알 수가 없지. 간통 증거를 잡는 게 전문이라서 그런지 흥신소 얘들 일을 아주 깔끔하게 처리하더라고. 영상 원본은 물론이고 DVD 두 장을 복사해서 주더라고. 자신들은 의뢰인의 증거물 갖고 장난은 치지 않는다는 말도 덧붙이던데. 하루 일당으로 300만원이면 흥신소 처지에서도 괜찮은 벌이지."

하루코가 남자에게 전화를 걸었다.

"다시 만날 수 있을까요? 제가 드릴 것도 있고."

용건만 간단히 말하더니 하루코는 전화를 끊었다. 하루코는

DVD를 챙기더니 밖으로 나갔다. 멀리서 스쿠터에 시동 거는 소리가 들렸다. 판돌이는 저렇게까지 해야 하는 생각이 들었다. 그렇다고 하루코를 탓할 수도 없는 노릇이었다. 이틀 간격으로 단골손님을 만나러 나가는 불새도, 샤데이에게 3,000만원을 뜯어내려고 죽은 형까지 파는 자신도 추하기는 마찬가지였다.

샤데이에게서 전화가 왔다. 샤데이는 가게로 오라는 말만 하고 전화를 끊었다. 흑진주에 찾아갔더니 샤데이가 웃으면서 반겼다. 그런데 어딘지 모르게 그 웃음이 어색하게 느껴졌다. 커피를 내온 뒤 샤데이는 미리 준비해 놓은 돈 봉투를 테이블 위에 올려놓았다.

"3,000만원이야. 솔직히 고민 많이 했어."

샤데이는 잠시 말을 끊더니 돈 봉투 옆에 백지를 나란히 놓았다.

"이게 뭔지는 알겠지? 차용증이야. 내가 굳이 왜 너한테 차용증을 받으려고 하는지 알아?"

말끝에 샤데이가 허공을 쳐다봤다. 이윽고 시선을 돌려서 바닥을 내려다봤다. 쉴 새 없이 한 손으로 다른 손의 손톱을 만지작거렸다. 샤데이의 손은 떨리고 있었다.

“어쨌든…. 넌 날 흑진주라고 불러준 유일한 사람이니까…. 3,000만원을 잃는 것보다도….”

드세 빠져서 건달들도 함부로 못하는 샤데이가 말을 잇지 못하고 있었다. 샤데이의 눈빛을 보는 순간 판돌이는 알았다. 샤데이는 이미 다 알고 있다는 것을.

차용증을 쓰고서 돌아 나오려는데 샤데이가 손등으로 눈을 훔치면서 조그만 종이가방을 건넸다.

“선물이야. 로렉스 시계야. 낡은 시계 볼 때마다 새 거를 사 줘야겠다 싶었거든.”

가게 밖으로 나오니 햇살이 눈에 부셔서 손차양을 만들어야 했다. 세이코 시계에 시선이 멎었다. 치르르 치르르, 쉬지 않고 초침이 돌아가고 있었다.

형의 시신이 발견된 곳은 대전 인근의 철로였다. 어머니와 함께 내려가 보니 형의 시신은 신원파악이 불가능할 정도로 훼손돼 있었다. 기차 바퀴에 의해 사지가 절단되고 얼굴도 뭉개져 있었다. 형이 차고 있던 세이코 시계가 아니었다면 알아볼 수 없었을 것이다. 시계는 오토매틱이어서 초침이 멎어 있었다. 시계는 형의 대학 입학 선물로 어머니가 사준 것이다. 어머니는 눈알을 부라리고 체머리를 흔들면서 시신은 형의 것이 아니라고 했다. 애써 형이 죽었다는 사실을 부인하고 싶었던 것은 판돌이도 마찬가지였다. 시신을 수습해서 화장을 한 날 어머니는 주먹으로 가슴을 치다가 앞니가 부러지기도 했다. 넋이 나간 채 어머니는 같은 말만 되풀이했다.

"불쌍한 것, 어릴 때부터 에미 일을 도와준다고 친구들한테 놀림도 많이 받더니."

형은 착한 아들이었다. 어릴 때는 재래시장에 생선을 내다 파는 어머니의 일을 도와줬고, 대학교에 입학한 뒤에는 과외를 해서 받은 돈을 고스란히 어머니에게 갖다 주었다. 중-고등학교 때에만 어머니의 일을 도와주지 않았다. 어머니가 몇 번이나 나오지 말고 공부하라고 당부를 했기 때문이다.

고등학교에서 전교 1-2등 다투던 형은 명문대 법학과에 합격했다. 대학교 입학식에는 식구가 모두 참석했다. 어머니는 안방 한가운데 대학교 정문 앞에서 찍은 가족사진을 걸었다. 아버지의 영정 사진 옆에 나란히 붙어 있는 가족사진을 어머니는 시시때때로 흐뭇한 표정을 지으면서 올려다보곤 했다. 어머니는 형이 머지않아 사법고시에 합격해 당당히 법관이 될 것이라고 믿는 모양이었다. 하지만, 어머니의 기대는 물거품으로 돌아가고 말았다.

형이 대학교 3학년 때였다. 대문이 열리더니 낯선 사내들이 신발도 벗지 않은 채 집 안으로 들이닥쳤다. 비록 낮조차 햇빛이 들어오지 않는 반 지하 집이었지만 처음으로 얻은 반듯한

주택이어서 형제는 이삿날 무척이나 기뻐했다.

집이 반 지하에 있기 때문에 평소에는 방문객이 계단을 내려오는 소리가 잘 들렸다. 그런데 이상하게도 그날만큼은 어떤 인기척 소리도 들리지 않았다. 아마도 사내들은 도둑고양이처럼 소리를 죽이고 계단을 내려온 모양이었다. 사내들은 거침없이 안방과 형의 방을 뒤졌다. 놀라서 깨어난 형이 물었다.

"당신들, 누구야?"

형의 목소리는 떨렸다. 한 사내가 신분증을 보여줬다. 이번에는 형이 수색영장을 가져왔느냐고 따졌다. 그 말이 떨어지기 무섭게 한 형사가 형에게 발길질했다. 다른 형사가 바닥에 넘어진 형의 손에 수갑을 채웠다. 형사들은 형의 방에서 나온 문서들과 타자기를 증거물로 가져갔다. 바들바들 떨면서 용서를 비는 어머니에게 한 형사가 신경질적으로 말했다.

"당신 아들이 무슨 짓을 했는지 알아? 빨갱이 짓을 했다고."

형사들에 의해 양팔이 낚인 채 형은 집 밖으로 끌려갔다. 집 앞에는 형사 차가 대기하고 있었다. 어머니는 신발도 신지 않고 대문 밖까지 나갔다. 형이 차에 짐짝처럼 실릴 때까지 어머니는 계속해서 사정했다. 차가 떠난 뒤 어머니는 철퍼덕 바닥에 주저앉았다.

여명이 밝아올 때까지 어머니는 안방에 걸린 아버지의 영정 사진과 형의 입학식 사진을 번갈아 올려다봤다. 아버지의 영정 사진은 관공서에 걸린 대통령 사진을 연상케 했다. 대통령과 비교하면 아버지는 너무도 무기력한 인상이었다. 날이 훤히 밝았는데도 반 지하여서 그런지 집은 여전히 어두컴컴했다.

1주일 뒤 형이 집으로 돌아왔다. 이전의 형이 아니었다. 정신은 어디다 두고 몸만 돌아온 것 같았다.

형은 온종일 어두컴컴한 방에서 웅크리고 앉아 있었다. 보이지 않는 막이 형을 가두고 있는 것 같았다.

형의 대학 친구가 집으로 찾아오기도 했다. 형의 방에서 새어나오는 소리를 듣고서야 형을 에워싸고 있는 정체불명의 막이 무엇인지 알 수 있었다.

"네 잘못이 아니야. 고문을 당하다가 동지들의 이름을 분 게 어디 너뿐이야? 게다가 넌…. 홀어머니와 사는 형편이고."

형은 대답 대신 히죽 웃었다.

1년간 형은 바깥출입을 하지 않았다. 자신이 만든 감옥에 스스로를 감금시키고 있는 것 같았다. 대학에 진학한 뒤 2년 동안 형은 그 어느 때보다도 활기에 넘쳤다. 대학 친구들을 집으로 데리고 오기도 했다. 그전까지 형은 친한 친구가 없었다. 그래서 형은 중-고등학교 시절 내내 더 악착같이 공부를 했는지도 모르겠다.

형은 다시 고등학교 시절로 돌아간 것 같았다. 차이가 있다면 형은 책을 읽지도, 기타를 치지도 않았다는 것이다. 형은 노래를 듣지도, 부르지도 않았다. 웃지도, 울지도 않았다. 먹고 싸는 것밖에는 아무것도 하지 않았다. 그러다가 불현듯 집을 나가서는 돌아오지 않았다. 다시 만났을 때 형은 이 세상 사람이 아니었다. 자살한 것인지 아니면 실수로 기차에서 떨어진 것인지조차 알 수 없었다.

형이 죽고 3년 뒤 어머니도 위암으로 돌아가셨다. 아마도 화병이 커져서 속병이 된 듯싶었다. 판돌이가 열여덟 살 때였다. 무엇보다도 견딜 수 없는 것은 아무도 없는 빈집이었다. 집은 고요하다 못해 괴괴했다. 어둔 반 지하 방이 무서워서 불을 켜 놓아야 잠이 들 수 있었다. 하지만, 중음을 떠도는 넋이라도 울고 가는지 곧잘 가위에 눌리곤 했다. 식은땀에 온몸이 젖어서 깨어나면 방 벽에 걸린 아버지의 영정 사진과 형의 입학식 사진이 자신을 내려다보고 있었다.

그제야 밤을 새워가면서 타자기로 뭔가를 쓰던 형과 형을 한없이 다정한 눈빛으로 바라보던 어머니가 그리워졌다. 그때까지도 판돌이는 구체적으로 형이 대학에서 한 일이 무엇인지 몰랐다. 그 일이 옳은 일인지 그른 일인지도 판단할 수 없었다. 다만, 형의 생애에서 가장 화려한 시절이었다는 것만큼은 알 수 있었다. 형은 항상 연극에서 주연을 맡은 어린애처럼 들떠 있었다. 형의 생기로 말미암아 집안 분위기도 환했던 시절이었다.

어느 월요일 아침, 판돌이는 싸던 도시락을 싱크대 수채통에 집어던졌다. 그리고 집 밖으로 뛰쳐나가 입에서 단내가 날 때까지 거리를 달렸다. 며칠 후 판돌이는 음악다방에 나가게 됐다. 그렇게 시작한 것이 화류계 생활이었다.

무엇보다도 화류계 생활은 화려한 조명 속에 서 있어서 좋았다. 조명 아래에 있으면 자신을 감싸고 있는 어둠을 감출 수 있을 것 같았다. 하지만, 그 화려함이 나중에는 자신의 발목을 옥죄어왔다. 화류계는 발을 딛기는 쉬워도, 빠져나가기는 어려운 곳이었다. 처음에는 돈을 벌기 위해 치장하지만, 나중에는 치장하기 위해 돈을 버는 곳. 그게 바로 화류계였다.

돌아보면 화류계의 주인공은 다름 아닌 조명이었다. 자신을 비추기 위해 조명이 켜져 있었던 게 아니라 조명의 존재를 부각하기 위해 자신이 서 있었던 것이다. 그 사실을 알았을 때는 이미 퇴물이 된 뒤였다.

집으로 돌아오니 식구가 모두 모여 있었다. 하루코는 장담했던 대로 5,000만원을 만들어왔다. 판돌이는 샤데이에게서 받은 3,000만원을 하루코에게 건넸다. 이상하게도 불새가 말없이 고개만 숙이고 있었다. 불새는 이미 며칠 전에 3,000만원을 다 만든 상태였다.

판돌이가 따지듯이 물었다.

"불새야, 돈은?"

그제야 불새가 머리를 긁적이면서 들고 있던 돈 봉투를 꺼냈다.

"여기 1,455만원."

"나머지는? 3,000만원 다 채웠다고 하지 않았어?"

불새가 비굴하게 웃으면서 말했다.

"그때는 다 채웠지. 근데…. 두 배로 만들려고 하다가 그만…."

하루코가 혀를 차더니 물었다.

"또 손맛 봤어?"

불새가 고개를 끄덕였다. 판돌이는 화가 났다. 어렵게 여자들한테 공사를 쳐서 마련한 돈을 노름하다가 날린 불새한테도 화가 났고, 돈을 마련하기 위해 아끼던 차를 판 것도 모자라서 자신의 정사 장면까지 찍은 하루코에게도 화가 났다. 무엇보다도 샤데이 누나에게 공사를 친 자신한테 화가 났다. 하지만 하루코 반응은 뜻밖이었다. 불새를 보고서 그저 웃기만 했다.

"절반이라도 건진 게 어디야. 불새야. 밤새워 노느라고 수고 했어."

하루코의 말을 듣는 순간 판돌이는 다시 한 번 개의 혓바닥이 떠올랐다. 이번에 떠오른 건 어미를 핥고 있는 강아지의 혓바닥이었다. 야생의 암캐들은 새끼들에게 줄 양식을 뱃속에 저장해 가져온다고 한다. 강아지들은 제 어미의 주둥이를 열심히 혀로 핥는다. 곧이어 어미 개는 그 자리에서 먹은 것을 토해낸다. 어미가 게워낸 것을 새끼들은 허겁지겁 먹어치운다. 새끼들이 주린 배를 채우는 것을 보면서 어미는 식도를 타고 올라오던 신물의 고통도 까맣게 잊는다.

판돌이는 그간 만났던 여자들의 입에서도 신물 냄새가 났다는 사실을 깨달았다. 그 신물 냄새는 멈출 수 없는 욕망의 냄새였다. 손님들은 야누스 같았다. 몸에서는 고혹적인 향수 냄새가 났지만, 입에서는 구린내가 진동하는 욕설들이 쏟아져 나왔다. 대체 어느 게 그녀들의 본래의 모습인지 모를 일이었다. 그녀들은 화장을 짙게 했고, 좀처럼 민얼굴을 들어내기 싫어했다. 자신도 손님들과 하등 다를 바가 없었다. 화려함 속에 감춰진 이면. 그러다가 숫제 사라져버린 본질. 그게 바로 판돌이의 청춘이었다.

판돌이는 지난날들이 파노라마처럼 눈앞에 스쳐갔다. 돌이켜 보면 화류계 생활은 잉여 그 자체였다. 저녁만 되면 뱃속에 아귀라도 들어앉아 있는지 절로 입안에 신 침이 고였다. 어김

없이 불을 밝히던 거리의 네온사인. 밤이 되면 여자들은 업소로 쏟아져 들어왔다. 먹고, 마시고, 소리치고, 노래 부르고 그러다 지치면 각기 짝을 이루고 모텔로 흩어졌다. 핥고, 빨고, 몸을 더듬고, 신음하고 그러다 지치면 잠이 들었다.

말초신경을 자극하는 지독한 향기에 취해서 시간이 가는 줄도 몰랐다. 생화와 조화의 차이는 향기의 유무에 달렸다고 했던가? 너무 진한 향기는 후각을 마비시켰으므로 더는 향기라고 할 수 없었다. 그리하여 샤넬 넘버 파이브로도, 크리스티앙 디오르 쟈도르로도, 불가리 쁘띠마망으로도, 지방시 쁘띠상봉으로도, 안나 수이 수이드림으로도 그 어떤 향수로도 채워지지 않는 마비된 후각만이 남게 됐다.

판돌이는 찬바람을 쐬려고 베란다로 나갔다. 창문을 열고 하늘을 올려다보니 새털구름들이 뭉게뭉게 흘러갔다. 그때였다. 인기척 소리에 놀라 뒤를 돌아보니 떨이가 서 있었다. 아마도 마음을 달래주려고 따라나선 듯싶었다. 떨이는 애써 웃음기를 머금고 말했다.

"친구끼리 오랜만에 낮술이나 한 잔 빨까?"

판돌이는 친구만한 존재도 없다는 생각이 들었다. 오랫동안 함께 선수로 뛴 불새보다도, 서로 연정의 감정이 있는 하루코보다도 떨이가 더 자신의 마음을 헤아릴 줄 아는 걸 보면. 어릴 적부터 알고 지낸 사이여서인지 떨이는 표정만 보고도 심경을 읽을 줄 알았다.

둘은 집 앞 슈퍼마켓으로 향했다. 말이 슈퍼마켓이지 구멍가게나 진배없는 작고 허름한 가게여서 살 수 있는 안줏거리라고 해봐야 골뱅이 통조림과 마른오징어가 고작이었다. 안줏거리를 사들고 나오면서 떨이가 물었다.

"소주? 맥주? 아님 소폭?"

"속도 타고 아무래도 말아 마시는 게 좋겠는데."

둘은 가게 파라솔에 마주 보고 앉았다. 벌컥벌컥, 술잔을 들이키자 떨이가 물었다.

"돈은 어디서 마련했어? 너처럼 말주변 없는 놈이 공사를 친다는 게 쉽지 않았을 텐데."

굳이 속내를 밝히고 싶지 않아서 판돌이는 먼 데를 바라봤다.

"그러게. 이것도 쉽지가 않대. 샤데이 누나한테 꿨어."

떨이의 눈이 동그래졌다.

"짠순이로 소문난 언니가 어쩐 일이래."

이윽고 떨이는 알겠다는 듯 고개를 조아렸다.

"샤데이 언니가 너한테는 각별했지. 너무 신경 쓸 것 없어. 샤데이 언니도 돈이 있어서 준 거니까. 주고 싶어도 가진 게 없으면 못 주는 게 돈이잖아. 오죽하면 3,000만원 이상은 공사고 그 이하는 용돈이라는 말이 있겠니."

내려앉은 분위기를 바꾸려는 듯 떨이가 건배를 권하더니 말을 이어갔다.

"디제이바에 놀러 갔다가 널 봤을 때 솔직히 놀랐어. 다른 사람이겠거니 싶었어. 모범생이었던 네가 화류계를 돌 리 없다고 생각했던 거지."

디제이바에서 떨이를 봤을 때 판돌이도 자신의 두 눈을 의심했다. 중학교 시절 떨이는 우등생이었다. 그런 떨이가 여장하고 나타났으니 놀라지 않을 수 없는 일이었다. 잠시 말을 끊고서 떨이가 길게 한숨을 내쉬었다.

"남 말 할 때가 아니지…. 나도 중학교 때는 모범생이었는데…. 사람 팔자 알 수 없어. 그건 그렇고 이렇게 둘이 앉아 있으니까 중학교 때 생각이 난다. 나는 네가 화가가 될 줄 알았어."

"화가?"

"기억 안 나? 미술 선생님이 매번 널 칭찬했던 거. 하루는 네가 그린 풍경화를 들어 보이면서 나중에 훌륭한 예술가가 될 것이라고 말하기도 했잖아."

떨이의 말을 듣고 나니 중학교 때 자신이 그린 풍경화가 눈앞에 스쳐 갔다. 어둔 배경에 위태롭게 서 있는 집 한 채. 그 벽에는 낙서가 새겨져 있다. 가위와 '소변 금지'라는 글씨. 이제 막 대학을 졸업해서였는지 미술 선생은 어딜 봐도 아름다운 구석이라곤 없는 그 그림을 창의력이 있는 그림이라고 칭찬했다.

“기억나.”

머릴 끄덕이면서 판돌이는 혼잣말을 속으로 삼켰다. 그래, 기억나. 풍경화의 선연한 물감들을 어떻게 잊을 수 있겠어. 아직도 명치 아래 어디쯤 어룽져 있는 걸. 기차가 사라지고, 기차가 남기고 간 기적마저 사라졌을 때 남는 적막한 여운 같은 것. 움켜쥐면 손아귀에서 가뭇없이 빠져나가는 햇빛 같은 것. 아지랑이처럼 아득히 멀어져가는 삶의 시간에 애오라지 남는 것은 그리움. 판돌이의 기억 속에서 형은 언제나 소년이었다. 방역차가 사라진 가파른 산동네 길 위에, 시야를 가릴 정도로 하얗던 연기 속에 형만 남겨두고 자신만 너무 먼 길을 떠나온 것 같았다.

떨이는 계속해서 중학교 때 얘길 늘어놨다. 그래, 그땐 그랬지, 하며 맞장구를 치긴 했지만, 언젠가부터 판돌이는 떨이의 말이 들리지 않았다. 언젠가 낮잠을 자다가 꾼 꿈이 떠올랐다.

판돌이는 버스에 올라타고 있었다. 휴일이면 버스정류장에서 가장 먼저 오는 버스를 타고 종점까지 가는 게 판돌이의 습관이긴 했다. 버스에 앉자마자 따사로운 햇볕에 졸음이 밀려왔다. 꾸벅꾸벅 졸다가 버스 스피커에서 흘러나오는 안내

방송을 듣고서 깨어났다. 따지자면, 꿈속에서 꿈을 꾸다가 꿈에서 깨어난 것이었다. 그 때 안내방송이 흘러나왔다. 만리동이라고 했다.

창밖에는 벙긋 올라온 목련꽃들이 보였다. 부신 빛에 외려 시야가 어두워지는 것 같았다. 손바닥으로 낯을 쓸어봤다. 목련꽃 그늘에는 계집애들이 서 있었다. 이제 열다섯이나 됐을까? 계집애들의 웃음소리가 환하게 흩어지는 것 같았다. 번지는 것 같았다.

정신을 차리고 주위를 살펴보니 옆 좌석에 형이 앉아 있었다. 형은 손에 비틀스의 앨범을 들고 있었다. 형이 앨범을 건네더니 자리에서 일어났다. 판돌이는 가지 말라고 말하고 싶었으나, 입이 떨어지지 않았다. 형의 뒤를 따라서 내리려고 했으나 몸이 움직이지 않았다. 형이 서 있는 출입문을 향해 헛되이 팔을 뻗으려고 했으나 그조차도 뜻대로 되지 않았다.

꿈에서 깨어나서 판돌이는 형이 비틀스의 《서전트 페퍼스 론리 하츠 클럽 밴드》에 대해 설명했던 일을 떠올렸다. 비틀스 멤버 네 명 주위로 70여 명의 콜라주를 넣은 앨범 표지를 가리키면서 형은 말했다.

"샤르트르 대성당의 장미창 같지 않아? 비틀스 멤버들은 배후에 수많은 인물을 세워놓음으로써 드러내지 않으면서 자신

〈Sgt. Pepper's Lonely Hearts Club Band〉, The Beatles, 1967

들을 부각한 셈이지. 마치 서로서로 비추는 별자리 속에서 더욱 확연히 빛을 발하는 북극성처럼."

판돌이는 형에게 앨범 표지 그림에 담긴 사람들이 누구냐고 물었다.

"형 이건 브람스 맞지?"

"아냐. 카를 마르크스야."

"수염이 덥수룩한 게 브람스 맞는 것 같은데. 비틀스가 음악가를 넣지, 사상가를 넣었겠어?"

판돌이가 억지를 부리자 형은 대수롭지 않게 답했다.

"아무렴 어때. 네 말마따나 둘 다 털북숭이인데. 따지고 보면 카를 마르크스의 사상을 음악으로 옮긴 게 브람스야. 브람스 교향곡 1번의 주제가 '암흑에서 광명으로'이거든."

취기가 오르자 판돌이는 이명(耳鳴)이 들려왔다. 환청의 정체는 형의 목소리였다. 형의 음성이 바로 옆에서 들리는 것 같아서 판돌이는 저도 모르게 고개를 끄덕였다. 보이지 않는 바늘이 있어 지상이라는 레코드를 재생하고 있는 것 같은 착각이 들었다. 가만히 귀 기울이면 그 바늘이 굽이굽이 골목들을 타고 돌면서 세상의 모든 음표를 재생하는 소리가 들릴 것 같았다. 판돌이는 꿈 속 버스에서 형을 만난 곳이 바로 만리동이었음을 깨닫게 되었다. 그래서 만리(萬里)라는 말을 조용히 중얼거렸다.

레 샾(#)과 미 사이, 시와 시 샾(#) 사이, 그 어딘가에 있다는 음높이. 오선지 안에 있으면서도 오선지 너머에 있는 소리. 그것은 실은 그 어디에나 있었는지도….

솔저 오브 포춘(Soldier of fortune)

세상은 돌고 돈다. 먹이사슬의 법칙처럼.

승룡은 지하주차장에서 사내에게 전화를 걸면서 그런 생각을 했다. 11시40분, 점심시간을 앞둔 시각이었다.

"여기 회사 지하주차장입니다. 잠깐 시간 좀 내주시죠."

사내는 한동안 말이 없었다. 사내가 말을 더듬었다.

"저, 저기, 제가 점심 약속이 있어서, 오늘은 좀, 곤란할 것 같은데요."

승룡은 곧바로 말을 이었다.

"불혹을 넘으니 저도 예전 같지 않게 이목을 따지게 되더군요. 회사 로비 앞에서 부장님 이름을 고래고래 외쳐대곤 싶진 않습니다. 그러니, 잠시만 시간을 내주시죠."

사내는 곧바로 대답했다.

"알겠습니다. 지하주차장에서 보죠."

승룡은 사내가 순순히 제 말을 따를 줄 알았다. 승룡의 말은 지하주차장으로 내려오지 않으면 벌떼를 놓겠다는 협박이나 다름없었다.

사내는 승룡과 동갑이다. 대기업 부장인 사내는 두 달 전 승룡의 하우스에서 1억 원을 빌렸다. 호구인 줄 알고 일부러 타짜를 붙인 노름판이었다. 돈을 잃어주기도 하고 따기도 하면서 타짜는 적당히 완급조절을 했다. 상대가 타짜인 줄 모르고 노름에 정신이 팔린 사내는 계속 판돈을 올려갔다. 막판에 가서는 돈이 떨어졌다. 사내의 손아귀에는 세븐 포커가 쥐어져 있었다. 사내는 속으로 생각했을 것이다. 포커다. 그것도 러키세븐. 행운의 여신이 내게 윙크를 하고 있다. 사내는 승룡을 불러서 돈을 빌려달라고 했다. 승룡은 이미 알고 있었다. 사내가 서울 시내 한가운데 50평형 아파트를 갖고 있다는 것을. 승룡은 사내가 요구하는 대로 돈을 빌려줬다. 사실 그 자리에서 오가는 지폐는 돈이 아니라 종이에 불과했다. 상대의 손에서 나인 포커가 나왔을 때 사내는 두 손을 부들부들 떨었다. 고장이 나서 무서운 속도로 떨어지고 있는 엘리베이터에라도 탄 듯 사내의 두 눈은 초점 없이 흔들렸다. 덫에 걸린 짐승의 눈빛이었다.

사내는 승룡을 보자 대번 안색이 어두워졌다. 승룡은 사내를 향해 정중하게 묵례를 했다.

"뭐 멀리 갈 것 있겠습니까? 제 차에서 말씀을 나누시죠."

사내는 조심스럽게 사위를 둘러봤다. 승룡은 몇 달 전에 새로 뽑은 회색 제네시스 세단의 뒷좌석 문을 열었다. 이목을 고려해 무리해서 산 차였다. 사내가 차에 올라타자 승룡도 뒤를 따랐다. 바투 옆에 앉아 있어서 승룡은 사내의 두 다리가 떨리고 있다는 것을 느낄 수 있었다. 누구나 부러워할 만한 대기업 부장인 사내가 자신한테 쩔쩔맨다고 생각하니 승룡은 짜릿함이 밀려왔다. 사내는 명문대를 졸업했을 것이다. 그 학력이 부끄럽지 않게 에스컬레이터를 탄 듯 차례대로 승진했을 것이다. 사내는 짐작이나 했을까? 자신의 앞에 덫이 놓여 있으리라고. 승룡은 재킷에서 담뱃갑을 꺼내서 사내 앞에 들이밀었다.

"담배 한 대 피우시겠습니까?"

사내가 담배 한 개비를 꺼내더니 입에 물었다. 승룡은 듀퐁 라이터를 꺼내 불을 붙여줬다.

승룡은 낯빛을 바꾸면서 입을 뗐다.

"도박이라는 게 둘 중 하나죠. 따거나 잃거나. 따셨으면 이렇게 찾아오는 일도 없었을 텐데…. 일에 쫓겨서 입금 일을 잊으셨나 보죠? 하긴 대기업 부장이시니 얼마나 용무가 많으

시겠어요. 하지만, 입금이 늦어져서 피차 좋을 게 없습니다."

승룡은 잠시 말을 끊고 양복 상의를 벗었다. 승룡의 어깨에는 가죽조끼가 걸쳐져 있었고, 그 가운데 리볼버가 꽂혀 있었다. 한 번도 써본 적은 없는 리볼버였다. 권총은 반동이 커서 명중률이 떨어진다. 군대 장교들이 차고 있는 권총도 저격용이 아니라 자살용이다. 권총으로 사람을 죽이려면 쏘는 것보다 내려치는 게 빠르다.

역전파에 몸담고 있을 때 두목은 습관처럼 말했다. 최고의 연장은 칼이다. 야구방망이로 사람을 죽이려고 해봐라. 상대의 머리를 정조준한 뒤 손에 온몸의 힘을 실어서 스윙을 해야 한다. 이만수가 홈런을 날릴 때처럼. 상당한 힘과 시간이 필요하다. 칼은 다르다. 심장에 겨눈 뒤 재빠르게 담그면 그만이다. 예부터 진짜 싸움꾼은 장검이 아니라 짧은 칼을 썼다. 장검은 말에 탄 장수나 쓰는 것이다. 아이러니하게도 두목은 상대가 휘두른 야구방망이에 두개골이 함몰됐다. 시신경이 손상당한 두목은 어둠의 세계를 떠나야 했다.

두목의 말은 틀림없었다. 30여년 가까이 현장에서 사용해본 결과 칼만큼 효과적인 무기는 없었다. 옆구리에 권총을 차고 다니기 전까지 승룡의 가죽조끼에는 회칼이 꽂혀 있었다. 마흔 살이 되니 몸에 칼을 차고 다니는 게 거북하게 느껴져 수소문해서 총을 사들였다. 의도적으로 사내에게 총이 보이게 자세를 고쳐 앉은 뒤 승룡은 말을 이었다.

"입에 담기 거북한 말을 하려니까 몸이 더워지는군요. 제가 이 일을 하고 나서 깨달은 게 있습니다. 노름빚은 저승에 가서라도 받는다는 말이 결코 허언이 아니라는 것."

승룡은 말투를 차갑게 바꿨다.

"1주일 기한을 드리겠습니다. 다시 보는 일이 없었으면 좋겠습니다. 그때는 이렇게 점잖게 말로 끝나지 않을 테니까요."

담배를 쥔 사내의 손이 떨렸다. 담뱃불이 필터까지 타들어가고 있었다. 승룡은 사내의 손에서 담배꽁초를 빼앗아 차창 밖으로 내던졌다. 이어 차 밖으로 나갔다. 집사가 주인을 모시듯 승룡은 사내가 나올 때까지 열린 차 문을 손에 쥐고 있었다. 승룡은 사내의 뒷모습을 봤다. 축 처진 어깨가 어딘지 모르게 처량하게 느껴졌다. 사내는 겁이 많다. 그렁그렁한 눈망울만 봐도 알 수 있다. 승룡이 험한 말을 하지 않은 것도 그 때문이다. 부하들을 보내지 않고 자신이 직접 나서길 잘했다는 생각이 들었다. 부하들은 무슨 일이고 주먹으로만 해결하려고 해서 때로는 긁어 부스럼을 만들곤 했다. 경우에 따라서는 혀끝이 칼끝을 이길 때도 있다. 나이 어린 부하들은 그 사실을 몰랐다. 속이 쓰리긴 하겠지만 사내는 아파트를 담보로 대출을 받아서 돈을 입금할 것이다. 사내에게 돈을 받는 것은 다른 경우에 비하면 손 안 대고 코 푸는 격이다.

젊었을 적 승룡은 돈을 받기 위해서라면 수단과 방법을 가리지 않는 냉혈한이었다. 차용증을 들고 무작정 빚진 자의 집으로 쳐들어가서 가족이 보는 앞에서 으름장을 놓았다. 승룡은 애어른을 가리지 않았다. 재래시장에서 노상을 하는 할머니의 하얗게 센 머리채를 흔들기도 했다. 그런데 이상하게도 마흔 살이 넘으면서부터 그 일이 싫어졌다.

두목은 곧잘 말했다. 등고선을 아느냐? 토끼가 사는 데, 늑대가 사는 데, 호랑이가 사는 데가 다르다. 토끼를 잡아먹는 건 늑대다. 그리고 호랑이가 늑대를 잡아먹는다.

공격이 가장 좋은 방어라고 굳게 믿었던 두목은 조직 간 암투에서 한 번도 뒤로 물러서는 법이 없었다. 부하들의 피해가 속출해도 두목은 전진했다. 건달들은 싸움판을 전쟁이라고 표현했다. 그 표현은 결코 과장된 게 아니었다. 싸움이 벌어지면 피비린내가 진동했다. 싸움은 둘 중 하나였다. 이기거나 지거나. 그 밖에 어떤 정의도 필요치 않았다. 핏물이 뚝뚝 듣는 칼을 찔러 대는 놈과 핏자국이 얼룩진 방망이를 휘두르는 놈이 있는가 하면, 뭉개진 귀를 부여잡고 울부짖는 놈과 오금이 잘려서 바닥을 질질 기는 놈이 있었다.

두목의 별명은 백정이었다. 칼을 잘 다뤄서 붙은 별명이었다. 신속하게 자를 것만 자르는 두목을 보면 실로 도살장 백정 같았다. 오거리파 두목의 아킬레스건을 자른 뒤 두목은 칼날

만큼이나 차가운 웃음을 지었다. 그러나 승승장구하던 두목도 순식간에 꺾이고 말았다. 오르막길이 빨랐던 만큼 내리막길도 한순간이었다. 두목은 아파트 주차장에서 변을 당하고 말았다. 딸에게 줄 케이크를 들고 내리려던 차였다. 그의 머리를 깡통처럼 찌그러트린 것은 급성장하던 신흥조직 두목이었다. 두목과는 고향 선후배 사이이기도 했다.

승룡은 멀어지는 사내의 등을 바라보면서 셈을 했다. 1억원을 벌었다고는 하나 기계들 때 주고, 부하들 월급 주고, 하우스 월세 주고, 담당 경찰서에 뇌물 주고 나면 자신한테 떨어지는 것은 그다지 많지 않았다. 하우스 일은 속 빈 강정처럼 실속이 없었다. 언제까지 이 일을 계속해야 하나 하는 생각을 할 때 전화벨이 울렸다. 하루코였다.

"형, 뭐해? 지금 바빠?"

"왜?"

"형 안 바쁘면 빠꾸 형 만나러 가려고."

하루코가 빠꾸와의 화해를 주선해달라고 부탁했다. 빠꾸는 보육원 친구다. 빠꾸가 보육원에 들어온 건 초등학교 5학년 때였다. 어머니마저 아버지의 뒤를 따르자 이모가 그의 손목을 끌고 보육원으로 왔다. 그때까지만 해도 빠꾸는 숙맥이었다.

고아들에게는 5월이 가장 잔인한 달이다. 어버이날이 있기 때문이다. 고아들에게는 편지를 보낼, 가슴에 카네이션을 달아줄 부모가 없다.

담임선생이 부모님에게 보낼 편지를 쓰라고 했다. 빠꾸는 멀뚱히 창밖을 바라보고 있었다. 신록이 돋은 미루나무를 보는 빠꾸의 눈에 물기가 맺혔다. 아마도 어머니가 돌아가신 지 얼마 안 돼서 그랬을 것이다. 빠꾸는 그 시간에 편지지에 아무것도 쓰질 못했다. 원장님에게 편지를 쓰면 되는데 빠꾸는 그러고 싶지 않았던 모양이다.

쉬는 시간에 편지를 걷은 아이가 빠꾸에게 시비를 걸었다. 그 아이의 입에서 고아라는 말이 나왔을 때 빠꾸는 책상에 엎드려서 엉엉 울어댔다. 빠꾸는 사무치게 부모가 그리웠을 것이다. 뒤늦게 보육원에 들어온 아이들일수록 눈물이 흔했다.

부모 없는 고아, 남편 없는 과부, 자식 없는 노인이 세상에서 가장 외롭다고 했다. 승룡이 보기에 그 말은 틀린 말이었다. 지극히 외로운 사람은 자신이 외롭다는 사실조차 모른다. 부모의 얼굴도 모르는 승룡의 처지에서는 그리워할 대상조차 없었다. 빠꾸의 행동은 고아로서는 어울리지 않는 것이었다. 고아로 살아가려면 망망대해에 서 있는 절해고도(絶海孤島)의 처지가 됐다는 사실부터 뼛속 깊이 받아들여야 한다. 고아에게는 누군가를 그리워할 틈이 없다. 그보다 먼저 자신의 생존부터 고민해야 한다. 그 사실을 빠꾸에게 가르쳐주기 위해 승룡은 천천히 자리에서 일어났다. 그리고 빠꾸를 놀린 아이에게 다가갔다. 손에는 포크가 쥐어져 있었다. 승룡은 있는 힘껏 포크를 아이의 얼굴에 내리찍었다. 아이의 볼에서 피가 뚝뚝 떨어졌다. 겁먹은 아이의 낯바닥이 하얗게 질렸다. 승룡은 싸늘한 웃음을 지으면서 말했다.

"걱정하지 마. 넌 부모가 있잖아. 네 부모가 치료해줄 거야."

소식을 들은 담임선생이 양호선생과 함께 교실로 왔다. 아이는 선생들의 보호를 받으면서 병원으로 갔다. 그날 수업이 끝날 때까지 승룡은 무릎을 꿇고 앉아 있어야 했다. 보육원으로 돌아가는 길에 빠꾸의 손을 잡고 말했다.

"널 지켜줄 수 있는 건 바로 너 자신뿐이야. 그러니까 어떤 일이 있어도 쫄면 안 돼. 이렇게 생각하면 마음이 편할 거야. 우리를 지켜줄 사람도 없지만, 우리가 지킬 사람도 없다고. 지킬 게 없는데 무서울 게 뭐 있어. 상대가 한 대 때리면 너는 두 대로 갚아줘. 상대가 주먹을 쓰면 너는 발을 써. 상대가 발을 쓰면 너는 무기를 집어 들어. 알겠어?"

빠꾸가 고개를 끄덕였다.

'널 지켜줄 수 있는 건 바로 너 자신뿐'이라는 말 때문이었을까? 빠꾸의 성격이 바뀌었다. 녀석은 누구보다도 겁이 많고 자기보호 본능이 뛰어났다. 자신만 생각하는 녀석이 얄밉게 느껴질 때도 있었다. 그런데도 보육원 친구여서 그런지 미워

할 수가 없었다. 하루코가 빠꾸와 화해를 하려고 하는 것도 그 때문이리라. 20년 넘게 알고 지내다 보니 빠꾸에 대한 연민이 생긴 것이리라.

빠꾸는 하루코를 보더니 골프채를 들고 난리를 쳤다. 대가리를 부숴버리겠다고 소리를 질러댔다. 따지고 보면 빠꾸도 잘한 것은 없었다. 낫살깨나 먹은 놈이 손가락으로 찍어서 맛을 봐야 똥인지 된장인지 아는가? 상대가 짠지 싱거운지는 알고 덤벼야지. 하루코에게 롤러스케이트로 대가리가 찍히고도 모르는가? 빠꾸의 심정도 이해 못 하는 바는 아니었다. 배알이 꼴려서 그랬겠지. 후배한테 잔소리를 들으려니 기분이 상했을 테지. 그래서 버릇을 고쳐줘야겠다 싶었을 테지. 하지만, 둘은 20년 넘게 알고 지낸 사이였다. 그 정도 되면 선후배를 따지기 전에 친구였다. 하루코는 승룡과 빠꾸가 감옥에 있는 동안 수시로 면회를 와서 영치금을 넣어줬다. 영치금은 하루코가 단란주점 호스티스로 뛰면서 웃음 팔고 몸 팔아서 번 돈이었다. 그런 옛정을 생각한다면, 빠꾸의 행동은 철딱서니가 없어도 한참 없었다.

허공을 가로지르는 빠꾸의 골프채를 승룡이 낚아챘다. 기다렸다는 듯 빠꾸의 목소리가 높아졌다. 짐작건대 말리지 않았어도 빠꾸는 겁이 많아서 하루코에게 골프채를 휘두르지는 못했을 것이다. 그럼에도 빠꾸를 만류한 건 녀석의 위신을 생각해서였다. 눈치 빠른 하루코가 얼른 빠꾸 앞에 무릎을 꿇고 앉았다.

"형, 미안해. 이거 받고 화 풀어. 5,000만원이야."

돈 봉투를 받아서인지, 하루코가 사과를 해서인지 빠꾸의 태도가 조금 누그러졌다. 셈이 빠른 놈이어서 먼저 계산부터 했다.

"나머지는? 애들 빚만 해도 7,000만원이야. 그리고 총질을 했으면 보상금은 못 주더라도 치료비는 줘야 할 거 아냐?"

하루코가 무릎을 꿇은 채 말을 이었다.

"나중에 반드시 애들 빚은 물론이고 치료비까지 갚을 게."

"약속 지켜."

못 이기는 척 봉투를 받아 챙기더니 빠꾸가 수표들을 몇 차례나 세어봤다. 빠꾸가 승룡을 쳐다보면서 공치사를 빠뜨리지 않았다.

"네 얼굴 봐서 봐주는 거야. 나가자. 내가 소주 한 잔 살 게."

목돈을 받아서 빠꾸는 기분이 좋은 듯했다. 밖에 나가 보니 아직 문을 연 술집이 없었다. 결국, 셋은 중국집에 들어가서 자리를 잡았다. 햇볕 좋은 대낮에 고량주를 마시니 승룡은 금세 술이 올라왔다. 술자리가 무르익자 빠꾸가 물었다.

"근데, 너 그 총 어디서 났냐? 그거 혹시 승룡이 거 아냐?"

하루코가 난감한 표정을 지었다.

"형한테 까이고 나서 바람 쐬려고 승룡이 형한테 놀러 갔는데, 거기 총이 있는 거야. 그래서 며칠만 빌려달라고 했지. 승룡이 형도 형한테 쏠 줄 알았으면 안 빌려 줬겠지."

빠꾸가 앞니로 입술을 잘근잘근 깨물더니 한숨을 길게 내쉬었다.

"처음에는 꼭지가 돌겠더라고. 낫살 처먹고 후배한테 까였으니까 그럴 만도 하잖아? 근데 다시 생각해보니까 나도 너한테 잘못한 것 같아. 그날 일은 늦었지만 사과할 게."

안 그래도 승룡은 빠꾸에게 하루코도 사과를 했으니 너도 네 과실에 대해서는 사과를 하라고 시킬 작정이었다. 빠꾸가 알아서 제 잘못을 시인하니 굳이 나서지 않아도 됐다. 하루코가 빠꾸에게 건배를 제의했다. 둘이 술잔을 부딪치더니 단숨에 술을 입에 털어 넣었다. 술잔을 식탁에 내려놓고서 하루코가 승룡을 빤히 쳐다보면서 물었다.

"이렇게 셋이 앉아서 술을 마시니까 옛날 생각이 나네. 근데 정호 형은 어떻게 지내? 집은 달라도 형들하고 친했잖아."

하루코가 말한 '집'은 '보육원'이었다. 고아들은 보육원을 집이라고 불렀다. 승룡은 G보육원 출신이고, 정호는 Y보육원 출신이었다. 정호를 처음 본 것은 열 살 때였다. 보육원 친구가

Y보육원 애한테 얻어터졌다고 해서 학교운동장에 나가보니 녀석이 도끼눈을 뜨고 서 있었다. 녀석은 다부졌다. 대개 어릴 때는 코피만 터져도 징징거리는데 놈은 달랐다. 쌍코피가 터져도 물러설 줄 몰랐다. 둘은 끝내 승부를 가리지 못했다. 둘 다 두 눈이 시퍼렇게 멍든 상태였다. 이후 녀석과는 비록 집은 달라도 한 식구처럼 지내는 사이가 됐다. 두 보육원이 같은 동(洞)에 있어서 녀석과는 함께 등하교했다. 녀석도 일찍 보육원에 입양됐기 때문에 부모의 얼굴조차 몰랐다. 녀석은 나이조차 불분명했다. 보육원에 입양되면서 출생신고를 했기 때문이다. 녀석이 자신의 뿌리에 대해 아는 것이라곤 세 살쯤 보육원에 입양됐다는 것뿐이었다. 녀석과는 중학교 때 다시 겨루게 됐다. 중학교 간 패싸움에서였다. 녀석은 M중학교의 대장이었다. 승룡은 S중학교의 대장이었다. 각목을 들고 있는 무리를 물리고 둘은 일대일로 승부를 가리기로 했다. 공터에 마주 섰을 때 둘은 씁쓸한 웃음을 거두면서 동시에 말했다.

"왜 하필이면 너냐?"

그때도 승부는 나지 않았다. 싸움이 끝난 뒤 둘 다 입안이 찢어져서 소독한답시고 병나발을 불어야 했다. 소주병 뚜껑을 이빨로 깐 뒤 녀석이 말했다.

"사는 게 좆같다. 싸우기 싫은 놈하고도 싸워야 하니. 좆같은 세상, 우리 이빨로 병뚜껑 딸 때까지만 살자."

그리고 벌컥벌컥 술을 마신 후 소주병을 건넸다. 녀석과 다시 주먹을 쥐고 마주 선 것은 소년원에서였다. 모포를 털다가 방(房)끼리 싸움이 붙었는데 녀석이 서 있었다. 그때는 치고받는 상황까지 가지 않아서 다행이었다. 녀석도 중학교 2학년 때 퇴학당했다. 자신을 괴롭히는 복싱부 상급생을 두드려 팬 게 빌미가 됐다. 불량기 있는 고아는 일찌감치 행로가 정해졌다. 벌에게 침은 상대를 공격할 유일한 방어수단이기도 하지만, 자신을 파멸시키는 부메랑이기도 했다. 당시 둘은 언제라도 치명적인 독을 내뿜을 준비가 돼 있었다.

하루코가 말을 이었다.

"다른 사람은 몰라도 형은 정호 형 소식 알 거 아냐? 정호 형도 조직 생활했다면서?"

승룡은 20여 년 전으로 되돌아간 것 같은 착각이 들었다. 한없이 파도치던 정호의 눈빛. 두목이 승룡을 불렀다.

"며칠 뒤 오거리파 두목을 치려고 한다. 그전에 마무리할 작업이 있다. 오거리 식구라는 네 친구 놈? 놈의 아킬레스건을 끊어라. 원래 수족관에서 활개를 치는 활어일수록 먼저 도마에 오르는 법이다."

녀석이 사우나에 들어가는 것을 보고서 재빨리 그 뒤를 따랐다. 사우나만큼 작업하기 좋은 곳도 없었다. 깡패라도 칼을 차고 목욕하지는 않으니까. 승룡이 온 것을 알아보고서 정호가 웃으면서 손을 흔들었다. 정호가 소리쳤다.

"준수야."

준수(俊壽)는 보육원에서 지어준 이름이었다. 승룡이라고 불리기 전까지 준수로 불렸다. 승룡이라는 이름을 지어준 것은 두목이었다.

"준수? 법을 준수(遵守)하는 깡패는 없다. 그건 곰들이나 할 일이지. 깡패는 용모가 준수(俊秀)할 까닭도 없다. 그건 제비나 필요한 거지. 넌 양아치 시절 전과도 있으니까 승룡이라는 이름을 써라."

정호가 준수라는 이름을 외쳤을 때 승룡은 망치로 때린 종 표면처럼 가슴이 한없이 흔들렸다. 뱃속 깊숙한 곳에서부터 깊은 울림이 올라왔다. 녀석에게는 승룡이라는 건달이 아니라 준수라는 친구만이 있었구나. 녀석의 이름인 정호도 보육원에서 지어준 것이라는 데 생각이 미치자 승룡은 다리가 휘청거렸다. 일을 그르칠까 싶어서 승룡은 맘을 다잡고 얼른 회칼 위에 둘둘 만 수건을 풀었다. 일순 정호의 낯빛이 바뀌었다. 눈에 불이 켜졌다. 그때도 녀석은 똑같은 말을 했다.

"왜 하필이면 너냐?"

승룡은 담담히 답했다.

"빨리 끝내자."

승룡은 씁쓸하게 웃은 뒤 하루코에게 답했다.

"정호는 세상에서 가장 높은 곳에서 일해. 정호 새끼 제 입으로 한 말이야. 고층건물 유리 닦거든."

알겠다는 듯 고갤 끄덕이더니 하루코가 빠꾸의 눈치를 살피면서 입을 뗐다.

"선수들도 부를까? 어쨌든 형이 데리고 있던 애들이잖아."

"그래. 안 그래도 애들한테 내가 술 한 잔 사려고 했어."

빠꾸의 말이 떨어지기 무섭게 하루코가 선수들에게 차례대로 전화했다. 오래지 않아서 선수들이 하나둘씩 술자리에 합류했다. 선수들은 모두 구면이었다. 진두는 나이트클럽 문지기 시절에 만났다. 당시 녀석은 디제이였다. 이제 막 나이트클럽 디제이 일을 시작해서였는지 녀석은 화류계답지 않게 순박했다. 불새는 하우스를 즐겨 찾곤 했다. 나중에는 빚까지 져서 곤욕을 치러야 했다. 잇따라서 뺨을 때리자 녀석은 무릎을 꿇고 앉아서 싹싹 빌었다. 떨이는 보름 전쯤 처음 봤다. 여자인 줄 알았는데, 하루코의 얘길 들어보니 게이라고 했다. 명문대 공대 출신이라는 말을 들어서일까? 체질적으로 게이라면 에이즈가 떠올라서 몸에 닭살이 돋는데 이상하게 녀석은 그다지 거부감이 느껴지지 않았다. 선수들이 다 모이자 일행은 일식집으로 술자리를 옮겼다. 술자리에 앉자마자 술기운이 올랐는지 빠꾸가 하루코에게 충고를 했다.

“애들 데리고 장사할 생각이라면서? 근데 이미 아빠방 장사도 한물갔어. 서울 전역에서 아빠방들이 쫙 깔렸는데. 아빠방들이 여기저기 들어서면서부터 여성 전용 노래방으로 전락했어. 그럴 수밖에 없지. 아빠방이 호스트바와 경쟁해서 내세울 게 뭐야? 저렴하다는 것 아냐? 원래 가격경쟁은 끝이 없게 돼 있어. 싸질수록 서비스는 형편없어지고. 변명이 아니라 나도 어쩔 수가 없었어. 다른 가게들과 경쟁해서 이기려면 그 방법밖에는 없었어. 너도 장사하려면 계획을 잘 짜야 할 거야. 비전도 없이 장사를 벌였다가는 얼마 안 가서 가진 돈 모두 털리기 쉬워.”

기다렸다는 듯 불새가 말참견했다.

“그래서 든 생각인데. 지방으로 내려가는 것도 괜찮을 것 같아. 경주 같은 관광도시로. 작지만 분위기 있게 가게를 꾸민 뒤 단골장사를 하는 거지.”

경주라는 말에 선수들은 물론이고 하루코도 반색을 했다. 떨이가 아는 체를 했다.

“좋은 생각인 것 같아. 네 말마따나 경주는 관광도시여서 내국인은 물론이고 외국인을 대상으로 장사할 수 있을 거야. 한류열풍 때문에 아시아 관광객들이 줄을 잇는대. 외국인들이 한국에 오면 꼭 들르는 데가 경주잖아.”

하루코가 크게 고개를 끄덕였다. 일행들은 당장 내일이라도 경주로 내려갈 기세였다. 하루코가 선수들에게 물었다.

"가게 이름은 뭐로 할까?"

판돌이가 말했다.

"'마마스 앤드 파파스' 어때?"

하루코가 고개를 갸우뚱했다.

"파파들은 있는데 마마들이 없잖아."

불새가 대꾸했다.

"떨이가 있잖아."

선수들이 웃어댔다. 떨이가 입을 뗐다.

"'보이즈 넥스트 도어' 어때?"

하루코가 물었다.

"그게 뭔 뜻이냐?"

"팝 스타일은 두 부류가 있어. 에너제틱한 칵 록과 멜랑콜리한 티니밥. 전자가 정력 좋은 근육질의 마초라면 후자는 이웃집에 사는 잘생긴 오빠. 그런데 불새나 판돌이나 칵 록보다는 티니밥 스타일이잖아."

불새와 판돌이가 손뼉을 쳤다. 하루코가 고개를 끄덕인 뒤 말했다.

"재들이 무슨 보이야, 엉클이지? 그렇다고 이름이 후졌다는 건 아니고. 괜찮은 이름이네. 보이즈 넥스트 도어. 가게 문을 열면 우리 선수들은 옆집 언니, 그 옆집 언니, 온 동네 언니들에게 다 사랑받을 수 있도록. 그런 의미에서 건배."

일식집에서 나온 뒤 3차로 일행은 단란주점에 갔다. 빠꾸가 일행의 머릿수대로 아가씨들을 부르는 바람에 여자인 하루코도, 게이인 떨이도 아가씨를 옆에 끼고 놀아야 했다. 일행들은 쉬지 않고 술잔을 주거니 받거니 했다. 돌아가면서 마이크를 잡고 노래를 불러댔다. 선수들이 마이크를 잡을 때마다 여자들이 자지러졌다. 불새는 노래도 잘 부르고 춤도 잘 췄지만, 분위기를 살리는 데는 그야말로 '선수'였다. 그날 무대의 하이라이트는 떨이였다. 떨이가 마이클 잭슨의 〈빌리 진〉을 부르자 여자들이 룸이 떠나가라고 환호성을 질러댔다. 마치 실제 마이클 잭슨의 라이브 무대에라도 온 것처럼. 떨이는 연체동물 같았다. 온몸에 뼈마디가 없는 것처럼 자유자재로 움직였다. 중성적인 목소리도 매혹적이게 들렸다. 게이인 떨이가 어떻게 아빠방 선수로 뛰는지 알 것 같았다.

고량주, 소주, 양주, 맥주 등 온갖 술을 섞어 마신데다가 선수들이 뿜어내는 열기에 취했더니 술자리를 파할 때는 하늘이 핑핑 도는 것 같았다. 집으로 돌아가는 택시 안에서 승룡은 화류계라는 말을 읊조렸다.

고개를 젖혀 허공을 응시하면서 승룡은 저 아닌 허상에 바친 청춘의 나날을 떠올렸다.

감옥에서 역전파 부두목을 만난 게 인연이 돼서 승룡은 조직폭력배의 일원이 됐다. 돌이켜보면 결코 녹록하지 않은 길이었다. 불량서클 일원 중에서 조직폭력배가 되는 경우는 1할도 안 됐다. 버젓한 집이 있는 놈들은 적당한 때가 되면 부모의 품으로 돌아갔다. 비빌 자리가 없는 놈들만이 음지의 세계에 남았다. 주먹이나 발깨나 쓰는 놈만이 조직원이 됐다. 손재주가 있는 놈들은 도둑이 됐고, 나머지는 빠꾸처럼 화류계를 돌아야 했다. 조직원이 되는 순간 다시 서바이벌 게임이 시작됐다. 겁 없고 눈치 빨라서 언제 치고 빠질지 아는 놈만이 마지막까지 살아남을 수 있었다. 아무리 싸움을 잘해도 인정이 많은 놈은 일찌감치 보따리를 싸야 했다. 그 바닥에도 성골, 진골, 육두품이 있었다. 이끌어줄 선배가 없었던 승룡은 생존경쟁이 곱절 어려웠다. 어깨가 벌어진 유도부 출신도, 귀가 만두처럼 쪼그라든 레슬링부 출신도, 싸움만 나면 연방 스텝을 밟는 복싱부 출신도 아니었으므로. 그저 승룡은 줄도 없고 빽도 없는 고아였으므로….

특수절도와 특수강도 전과를 지닌 것도 그 바닥에서는 크나큰 약점이었다. 그 바닥에서 가장 심한 욕은 양아치였다. 막내 때 동기 녀석은 곧잘 말했다.

"그만 하자. 양아치하고 싸우면 양아치 된다고 했다."

녀석은 드러내놓고 승룡의 전력을 조롱했다. 지방 고등학교 유도부 출신인 녀석은 자신의 이력을 몹시 자랑스러워했다.

태어날 때부터 건달인 놈도 있냐? 출신 성분에 따라서 건달과 양아치가 갈리는 게 아니다. 주먹을 얼마나 잘 쓰느냐에 달렸다. 승룡은 목구멍까지 올라온 말을 삼켰다. 말싸움이 길어지면 주먹 다툼으로 번질 게 뻔했다. 방에는 둘을 지켜보는 선배들이 많았다. 동기끼리 싸우는 것은 조직의 금지사항이었다. 승룡은 시간을 두고서 적당한 때를 기다리기로 했다. 며칠 후 단둘이서 맥주를 마시게 됐다. 아니나 다를까 예상대로 녀석은 또 시비를 걸어왔다. 녀석의 입에서 호로 새끼라는 욕이 떨어지기 무섭게 승룡은 자리를 박차고 일어났다. 녀석이 따라서 일어섰다. 승룡은 녀석의 머리채를 휘어잡아 앞으로 잡아당긴 뒤 박치기를 했다. 녀석은 풀썩 넘어졌다. 바닥에 뻗은 녀석에게 승룡은 말했다.

"건달 행세하고 싶으면 주먹 쓰는 것부터 익혀. 아니면, 보따리 싸고 그 잘난 고향 집으로 내려가든지."

그 바닥은 겉으로는 주먹으로 먹고산다고 떠들면서 속으로는 배경에 따라서 줄을 서고 서열을 나누는 허위의식으로 가득 찬 세계였다. 겉으로는 의리니 신의니 명분을 내세우면서 속으로는 선배가 후배를 총알받이로 쓰고 후배가 선배의 아킬레스건을 자르는 비열한 세계였다. 그럼에도 손톱이 새까만 고아 새끼인 승룡에게는, 잘 다림질 된 양복을 입고 빛나는 구두를 신는다는 사실만으로 뿌리칠 수 없는 유혹이었기에 그 어떤 일도 마다치 않았다.

갖고자 하는 목표를 거머쥐기 위해 게걸스러운 짓을 서슴지 않는 사람들에 지쳐서일까? 늙다리 화류계들은 솔직해서 좋았다. 스무 살 언저리에 나이트클럽 기도도 해봤고, 룸살롱 영업부장도 해봤던 터라 승룡은 화류계의 생리에 대해 잘 알고 있었다. 젊었을 때만 해도 화류계 논다니들 알기를 흑싸리 껍데기만도 못하게 여겼다. 그도 그럴 게 밤의 세계에서 먹이사슬의 포식자는 주먹들이었다. 하지만 돌이켜 보면 밑바닥 인생이라는 점에서 주먹들도 화류계들과 다르지 않았다. 어쩌면 주먹들이 화류계를 무시하는 것은 알량한 자존심을 내세울 수 있는 대상이 그들밖에 없기 때문인지도 모르겠다.

전화를 받고 보니 진두였다. 진두가 숨넘어갈 듯 말했다.

"형, 하루코 누나가 칼침을 맞았어."

"칼침? 왜? 누구한테?"

"여자가 아빠방을 차린다고 하니까 경주 시내에 소문이 돌았나 봐. 며칠 전에 험악하게 생긴 두 놈이 인테리어 공사하고 있는 가게로 찾아왔어. 놈들이 하루코 누나한테 여자 홑몸으로 어떻게 술장사를 하려고 하느냐, 자신들이 뒤를 봐주겠다, 대신 매달 관리비를 내라는 내용의 말을 했지. 누나는 콧방귀를 꼈지. 그러다가 실랑이가 벌어져서 누나가 놈들을 두드려

팼어. 그리고 어젯밤에 다섯 놈이 몰려왔어."

승룡은 침착한 말투로 물었다.

"하루코 몸은?"

"등이 찔렸는데 다행히 내장 기관은 다치지 않았대. 스무 바늘 넘게 꿰맸어."

하루코에게 한동안 연락이 없어서 승룡은 무소식이 희소식이겠거니 생각하고 있었다. 개업식 날이 언제인지 물어보려던 참인데 진두에게서 연락이 온 것이다.

승룡은 서둘러 서울역으로 향했다. 자동차보다는 KTX가 빠를 것 같았다. 하루코는 허리에 붕대를 감고 누워 있었다. 얼굴도 알아볼 수 없을 정도로 뭉개진데다가 단발머리는 까치집을 지은 상태여서 보기에 가관이었다. 싸움을 말리다가 얻어터졌는지 진두도 두 눈이 퉁퉁 부어 있었다. 불새 녀석은 이 긴급한 상황에도 손맛을 보러 갔는지 보이지 않았다. 하루코의 머리맡에 앉아서 떨이가 훌쩍거렸다. 하루코가 승룡을 보더니 자리에서 일어나 앉았다.

"왜 내려왔어? 바쁠 텐데."

"칼 맞았다면서?"

하루코가 손바닥으로 진두의 뒤통수를 쳤다.

"네가 연락했지."

이어서 하루코가 손사래를 치면서 말했다.

"별일 아냐."

"달거니들이야?"

"형은 신경 쓰지 마. 형은 경주 시내 구경이나 하고 올라가면 돼. 떨이야, 네가 경주 안내 좀 해라."

승룡은 고개를 돌려 떨이를 쳐다봤다.

"애들 얼굴 봤어?"

떨이가 고개를 끄덕였다.

승룡은 떨이를 데리고 경주 시내를 샅샅이 뒤졌다. 놈들을 발견한 곳은 단란주점이었다. 단란주점이 놈들의 아지트인 듯싶었다. 떨이가 룸 밖의 유리에 눈을 대고 한참을 쳐다보더니 소리쳤다.

"오빠, 저 새끼들이 맞아. 가게에 와서 행패 부린 새끼들이."

문을 열고 들어서자 놈들의 이목이 쏠렸다. 일순 노랫소리가 끊겼다. 승룡은 아가씨를 끼고 앉아 있는 놈들을 둘러봤다. 한 놈은 30대 초반. 나머지 네 놈은 20대 후반으로 보였다. 승룡은 먼저 짠지 싱거운지 간을 봤다. 승룡은 가벼이 묵례하고 입을 뗐다.

"흥을 깨서 죄송합니다. 다름 아니라 제 여동생이 이 근처에 가게를 열려고 하는데, 며칠 전 불미스런 일이 있었다고 해서 찾아왔습니다. 제가 듣기로는 여기가 용식이 구역인 줄 아는데…."

용식이는 감옥 동기다. 경주 근방에서 방귀깨나 뀌는 건달이다. 30대 초반인 놈이 말을 받았다.

"용식이고 용팔이고 몰라. 족보는 양아치들이나 파는 거고. 여기가 어디라고 와서 벌리고 지랄이야. 뭐 하나? 저 새끼 모가지를 콱, 비틀어버려라."

싱거웠다. 아주 맹물이었다. 놈은 양아치나 족보를 판다고 했지만, 그 말은 글렀다. 족보도 있어야 파는 것이다. 한때 승룡도 족보를 파는 놈들을 보면 입맛이 없었다. 하지만 어둠의 세계에서 뒹굴고 구르면서 깨닫게 됐다. 세상은 보이지 않는 끈으로 연결돼 있다는 것을.

"언니들은 빨리 밖으로 나가주시길."

승룡의 말이 떨어지기 무섭게 아가씨들이 고함을 지르면서 밖으로 뛰어나갔다. 한 놈이 테이블에 놓인 빈 맥주병을 들고 달려왔다. 승룡은 놈의 손에 쥐어져 있는 맥주병을 주먹으로 내리쳤다. 병이 깨졌다. 폭발음이 났다. 승룡은 놈의 명치를 발로 걷어찼다. 휘청거리는 놈의 머리채를 잡아서 테이블 위에 잇따라 내리찧었다. 그때 다른 놈이 뒤통수에 대고 맥주병을 내리쳤다. 머리에서 피가 흘러내리는 게 느껴졌다. 승룡은 뒤돌아서서 뺨을 타고 흐르는 피를 손바닥으로 닦았다.

승룡은 놈의 다리를 걸어 넘어뜨렸다. 넘어진 놈의 턱을 구둣발로 걷어찼다. 승룡은 자신을 에워싸고 있는 남은 세 명이

서 있는 곳을 향해 테이블을 엎어버렸다. 테이블이 나뒹굴면서 노래방 기계를 넘어뜨렸다. 한 놈이 브라운관을 들고 달려왔다. 승룡은 놈의 옆구리를 걷어찼다. 다른 놈이 철제 옷 행거로 승룡이의 등짝을 후려쳤다. 승룡은 날아오는 행거를 붙잡아 뺐었다. 행거로 놈의 뒤통수를 내려칠 때였다. 옆구리가 뜨뜻해지는 게 느껴졌다. 옆구리에 손을 대보니 양복이 찢어져 있었고, 와이셔츠에 핏물이 묻어 있었다. 뒤돌아보니 한 놈이 칼을 들고 서 있었다. 하루코의 상처를 보고서 승룡은 단박에 알았다. 전문적인 칼잡이의 솜씨가 아니라는 것을. 제법 칼을 다룰 줄 아는 놈이라면 치명상을 입혔을 것이다. 겁을 주려고 휘두른 게 뻔했다. 승룡의 발이 허공에 포물선을 그리면서 올라갔다. 이윽고 칼 쥔 놈의 손을 내리찍었다. 놈의 손에서 칼이 떨어졌다. 바닥에서 날카로운 소리가 났다.

"휴고보스 양복 찢어졌잖아. 개자식아. 칼 들고 있으면 내가 야시 먹을 줄 알았어? 칼도 못 쓰는 새끼가 왜 칼을 들고 설쳐."

승룡은 연방 놈의 귀싸대기를 올려붙이면서 속으로 말했다. 칼은 쑤시는 데 쓰는 거야. 손잡이까지 담근 뒤 획획, 돌려서 빼내는 거야. 그렇게 죽죽, 긋기만 할 거면 카터 날이나 들라고. 내 칼은 수없이 뜨거운 연애를 해봤지. 살갗을 뚫고 들어가면 몸들은 칼을 물고 놓아주질 않았어. 속궁합이 잘 맞는 교

합도 잠시. 칼은 몸 밖으로 빠져나가기 위해서 몸부림을 쳐야 했어. 칼이 빠져나갈 때 몸은 창자가 끊어지는 고통을 겪었을 테지. 칼이란 그런 거야. 남을 아프게 했던 기억을 고스란히 간직하고 있지. 그것도 모르면서 무슨 깡패를 하겠다는 거야?
벽까지 몰린 놈의 몸이 허물어지듯 바닥에 풀썩 주저앉았다. 승룡은 지갑을 꺼내서 10만원 수표 열 장을 놈의 얼굴에 던졌다.

"이거로 치료받아. 그리고 어제 니들이 진상친 가게는 얼씬도 마. 다음에 걸리면 아주 목줄을 따 버릴 테니까."

승룡은 바닥에 떨어진 칼을 발로 걷어찬 뒤 룸을 빠져나왔다. 룸 앞 복도에는 단란주점 웨이터들과 호스티스들이 싸움 구경을 하느라 여념이 없었다. 그 틈바구니에 떨이가 있었다. 가게 밖에서 기다리라고 했는데도 떨이는 싸움이 벌어지는 내내 룸 앞에 서 있었던 모양이다. 정수리에서 낯으로 흘러내린 핏물을 보고서 떨이가 난리를 쳤다.

"어머! 오빠! 이를 어째!"

승룡은 떨이의 손목을 낚아챘다. 밖으로 빠져나가려는데 불곰처럼 생긴 놈이 길을 가로막았다. 30대 후반 내지는 40대 초반으로 보이는 놈은 먼저 고갤 숙여 묵례했다.

"제 동생 놈들이 결례를 범한 것 대신 사과드리겠습니다. 저는 여기 사장입니다."

놈은 정중하게 승룡에게 다른 룸으로 들어가 얘길 나누자고 했다. 한눈에 봐도 제법 이 바닥 도리를 아는 놈 같았다. 승룡은 떨이에게 밖에 나가 있으라는 눈짓을 보냈다. 이어 놈이 이끄는 룸으로 향했다. 곧바로 술상이 차려졌다. 통성명하고 이렇게 저렇게 얘길 나누다 보니 놈은 용식의 후배였다. 놈은 형님으로 모시겠다고 했다. 둘은 화해의 뜻에서 온더록스 잔에 양주를 가득 부어 석 잔을 내리 마셨다. 승룡은 웃는 낯을 하고서 입을 뗐다.

"미안하게 됐네. 부하들한테 용식이 족보를 팔았는데 안 먹히더라고. 용식이가 여기서는 다른 이름으로 불리는 줄 몰랐지. 이나 저나 애들을 패놓고 깽값을 제대로 못 쳐주고 약값만 줘서 어떡하지? 자네 동생들도 내 여동생한테 진상을 놨으니 한 대 치고 한 대 맞은 셈 치지. 그리고 앞으로 여동생 좀 잘 부탁해."

나가는 길에 승룡은 놈에게 하루코의 전화번호를 알려줬다. 가게 앞에는 떨이의 차가 세워져 있었다. 떨이는 병원에 가야 한다면서 수선을 떨었다. 응급실에서 옆구리 상처를 꿰매고 나니 새벽이었다. 갈 곳 몰라 병원 앞에 서 있는데 떨이가 아빠방 식구들의 숙소로 가자고 했다.

"집으로 가요. 몸도 안 좋은데."

승룡은 고개를 흔들었다. 명색이 선배가 돼서 하루코에게

다친 꼴을 보이긴 싫었다. 승룡은 몸이고 마음이고 노곤했다. 그때 문득 스쳐 가는 얼굴이 있었다. 무상(無常) 스님이었다. 승룡이 마음이 헛헛할 때마다 찾아가는 이였다. 이상하게도 스님을 만나면 마음이 편안해지곤 했다. 그러고 보니 스님을 안 뵌 지도 3년이 넘었다. 경주 인근에 스님의 암자가 있으니 스님을 보고 가는 것도 좋을 듯싶었다.

택시를 타고 간다는데도 극구 떨이가 차를 끌고 따라나섰다. 하는 수 없이 승룡은 떨이가 모는 차에 몸을 싣고 암자로 향했다. 떨이는 운전하는 내내 쉴 새 없이 재잘거렸다. 떨이의 얘길 듣는 둥 마는 둥 하면서 승룡은 창밖에 시선을 뒀다.

두목이 승룡을 불렀다. 두목은 애들을 데리고 사찰로 가라고 했다. 깡패는 폭력이 필요한 곳이라면 어디든 가야 했다. 드문 경우이지만 때로는 교회나 사찰에도 갔다. 가서보니 문중 내 폭력사태가 난 절이었다. 사제(師弟)가 사형(師兄)을 몰아내고 주지 자리에 앉으면서 폭력사태가 시작됐다. 사형이 일요법회 때 쳐들어와서 다시 주지 자리를 찾았다. 그런데 그 방법이 놀라웠다. 사제를 절 밖으로 끄집어낸 건 깡패들이 아니고 사찰 여신도들이었다. 사제로서는 그렇다고 해서 깡패를 동원해 무고한 여신도들의 머리채를 흔들 수도 없는 노릇이었다. 사형의 수는 상당한 고단수라고 할 수 있었다.

싸움은 항상 야심한 밤에 일어났다. 낮에는 범종 소리가 그윽하게 울려 퍼지는 도량이 밤이 되면 난장판으로 뒤바뀌었다. 치고 들어오려는 패와 이를 저지하려는 패. 사찰에서의 전쟁은 마치 성(城)을 두고 벌이는 사무라이들의 싸움을 떠올리게 했다. 듣지도 보지도 못한 무협지에나 나올 만한 온갖 무기들이 동원됐다. 싸움은 보름간 계속됐고, 그야말로 피나는 노력 끝에 승룡의 패거리는 절을 사수하는 데 성공했다. 양쪽 패 모두 적지 않은 출혈이 있었다. 그런데 이상하게도 일요법회의 법문을 마지막으로 사형은 자진해서 주지 자리를 내놓았다. 폭력사태를 벌인 상대가 아닌 다른 사제에게 자리를 물려주기로 했다. 사찰 재무 스님에게서 용역비를 받고 나오다가 승룡은 물러날 채비를 하는 사형과 마주치게 됐다. 마땅히 할 인사말도 없고 해서 승룡은 궁금한 걸 물었다.

"어렵게 지킨 절인데 왜 주지 자리에서 물러나십니까?"

단신(短身)인 스님이 멀뚱히 승룡을 올려다봤다.

"절간 지키느라 용쓴 건달바구나. 절간에 주인이 어디 있나? 대중이 주인이지. 돼지처럼 욕심 많은 놈이 주지한다고 나서서 막았던 것뿐. 그놈 줬다가는 절 살림 다 말아 먹을까 싶어서 그런 거지. 보름 넘게 아귀다툼을 벌여놓고 내가 또 주지하면 남들이 밥그릇 챙긴다고 입방아 찧지 않겠나? 운수납자가 걸식할 발우만 있으면 되지 뭐 더 필요하나? 명색이 내

법명(法名)이 무상(無常)인데 주지 자리에 연연해서 쓰겠나? 닭 벼슬만도 못한 게 중 벼슬이라고 했는데…."

승룡이 듣기에 도통 모르겠는 말이었다. 스님은 승자로서의 여유도 만끽하지 않은 채 떠나겠다는 것인가? 스님의 정체가 궁금해진 승룡은 내친김에 마저 물었다.

"근데, 무상이 뭡니까?"

스님이 한참 동안 승룡의 얼굴을 뜯어봤다. 속을 훤히 꿰뚫어 보는 눈길이었다.

"사는 게 좆같지 않나? 그게 바로 고(苦)다. 또, 때로는 사는 게 좆도 아니다 싶지? 그게 무상이다. 분명히 손아귀에 쥐었다 싶었는데, 손을 펴보면 아무것도 없는 거. 따지고 보면, 사람은 똑같다. 이놈, 저놈, 그놈 할 것 없이 다 불쌍한 놈이다. 그것만 알면 된다."

무상 스님에게 그 말을 듣지 않았다면, 승룡은 정호의 아킬레스건을 무참히 잘랐을지도 모른다. 사찰 일을 처리하고 올라갔을 때 두목이 내린 명령이 정호를 해치우라는 것이었다.

발가벗은 채 엉킨 둘은 진흙 속의 개들 같았다. 승룡은 정호의 발목을 잡으려고 애썼고, 정호는 승룡의 손아귀에서 벗어나려고 버둥거렸다. 그때 둘은 눈빛이 마주쳤다. 정호의 눈에 서려 있던 안개 같은 것. 그러자 언젠가 정호가 했던 말이 이명이 돼 울려왔다.

"사는 게 좆같다. 싸우기 싫은 놈하고도 싸워야 하니. 좆같은 세상, 우리 이빨로 병뚜껑 딸 때까지만 살자."

이윽고 무상 스님이 했던 말이 귓바퀴를 적셨다.

"사람은 똑같다. 이놈, 저놈, 그놈 할 것 없이 다 불쌍한 놈이다."

승룡은 정호의 아킬레스건이 아니라 발바닥에 칼을 들이댔다. 두어 번 그으니 핏물이 낭자했다.

암자에 도착하니 햇무리가 경내를 밝히고 있었다. 주지실에 들어가니 스님이 붓글씨를 쓰고 있었다. 칠순을 넘은 노구답게 스님은 허리가 제법 굽어 있었다. 안 뵌 사이 얼굴의 주름도 많아졌다. 그래도 형형한 눈빛만은 예전과 다름없었다. 스님이 승룡을 보더니 어린애처럼 천진하게 웃었다.

"이게 누구야. 건달바 아냐. 무슨 일이냐? 연락도 없이 찾아오고."

"스님 얼굴 뵙고 싶어서 찾아왔습니다."

스님이 준 차를 다 마시고 일어서려는데, 떨이가 손가락으로 붓과 벼루가 있는 곳을 가리키면서 비음 섞인 말투로 애교를 떨면서 말했다.

"스님, 저 붓글씨 하나 써주세요."

"써 주면 너는 나한테 뭐 줄 건데?"

"어머! 저는 가진 게 제 몸뚱이밖에는 없는데 어떡하죠?"

떨이의 대답에 스님이 목젖이 보이게 깔깔깔 웃었다. 그리고는 붓을 손에 붙잡더니 일필휘지(一筆揮之)로 글씨를 써 내려갔다. 그런데 다 쓴 글씨를 보니 괴발개발이라고 할 수 있었다. 종이를 높이 들더니 스님이 한자들을 읽어나갔다. 떨이가 스님 옆으로 바짝 다가가더니 물었다.

"근데 스님 이게 무슨 뜻이에요?"

"일본 다쿠안(澤庵) 선사의 말이다. 다쿠안을 빨리 말하면 다꽝이 돼지? 실은 다꽝을 만든 게 그 스님이다. 글 내용인즉슨, '나는 부처를 팔고, 그대는 몸을 팔고, 버들은 푸르고 꽃은 붉고, 밤마다 물 위로 달이 지나가지만, 마음 머무르지 않고 그림자 남기지 않는다', 글 좋지? 말 그대로, 나는 중이니까 부처를 팔고 너는 얼굴이 예쁘니까 미모를 팔라는 의미에서 썼다."

떨이는 두 손바닥으로 볼을 감싸면서 눈을 깜박거렸다.

"어머! 스님, 멋쟁이시네. 한눈에 미인도 알아보시고."

그러더니 승룡을 바라보면서 말했다.

"오빠, 하루코 언니 갖다 주면 좋아하겠다. 다꽝 스님 글을 가져왔다면서. 히히."

사찰을 나오려는데 스님이 따라나섰다. 극구 사양을 해도 스님은 일주문 앞까지 마중을 나왔다. 경내를 걸어가는데 마당 한가운데 난수표처럼 어지러운 그림이 새겨져 있었다. 언뜻 보면 동면에 들기 위해 똬리를 튼 뱀 같았다. 마당을 다 차지할 만큼 큼지막한 문양이었다. 저렇게 큰 그림을 왜 들어올 때는 보지 못했는지 모를 일이었다. 승룡이 그림이 있는 곳을 손으로 가리키면서 스님에게 물었다.

"미로처럼 생긴 저건 뭡니까?"

스님이 승룡을 멀뚱히 올려다봤다.

"방금 미로라고 했나?"

"구불구불한 게 영락없는 미로 같아서 한 말입니다."

스님이 그림이 있는 곳으로 발길을 돌리면서 대꾸했다.

"그래, 잘 봤다. 미로다."

미로 안으로 발을 디디면서 스님이 말을 이었다.

"이 미로 이름이 해인도다. 의상스님이 지은 〈법성게〉를 도형으로 만든 거다. 여기가 화엄사찰이라 큰 법회가 열릴 때마다 새겨 놓곤 한다."

스님은 성큼성큼 미로를 걸어갔다. 그 뒤를 승룡과 떨이가 좇았다. 미로를 거닐자 승룡은 등에 칼을 맞았던 때가 떠올랐다. 아무리 손을 흔들어도 택시는 서지 않았다. 출혈 과다로 죽을 수 있다는 사실을 알기에 승룡은 등에 꽂힌 칼을 뽑지 않았다. 승룡의 모습을 보는 순간 운전사들은 질겁하고 차 머리를 돌렸다. 결국, 승룡은 반 시간 되는 거리를 걸어야 했다.

온몸에서 식은땀이 흘렀다. 시야가 흐릿해졌다. 바닥에 주저앉고 싶은 것을 어금니를 깨물면서 간신히 참아냈다. 승룡에게는 세상의 모든 길이 미로처럼 느껴졌다. 한 걸음 또 한 걸음 내딛는 게 그렇게 힘들 수가 없었다. 미로의 끝인지 시작인지 모르겠는 막바지에 다다랐을 때 스님은 걸음을 멈췄다.

"돌고 도는 게 어디 이 해인도뿐이겠나? 근데 이 쳇바퀴 같은 미로를 탈출하는 방법이 아주 없는 건 아니니다."

떨이가 눈을 동글게 뜨고 물었다.

"그 방법이 뭔데요? 스님?"

떨이의 말이 떨어지기 무섭게 스님이 선 밖으로 건너뛰었다.

"뭐 어렵나? 그냥 이렇게 훌쩍 뛰어넘으면 되는걸."

스님이 시커먼 목구멍이 보이게 웃었다. 승룡은 바닥에 새겨진 선이 경계선처럼 느껴졌다. 그러자 두목이 입에 달고 살던 등고선이 떠올랐다. 스님이 승룡을 올려다보면서 말했다.

"아무리 복잡하게 만든 미로일지라도 입구와 출구는 만들어져 있기 마련이다. 등산 과정에서 길을 잃지 않는 방법의 하나는 이정표를 남겨두는 거다. 그러니 앞으로 갈 길이 막막하고 눈앞이 캄캄할 때는 걸어온 길을 뒤돌아보면 된다. '향상일로(向上一路)'라는 말이 있다. 가장 높은 곳으로 향하는 길이라는 뜻이다. 향상일로 하려면 어떻게 해야 하는지 아나? 위로 올라가는 게 아니라 아래로 내려가는 거다. 알겠나?"

승룡의 입안에서 '향상일로'라는 말이 맴돌았다. '위로 올라가는 게 아니라 아래로 내려가라'라는 스님의 말을 되새기자 정호를 다시 만났을 때 생각이 났다. 무슨 일을 하느냐고 묻자 녀석은 밝게 웃으며 답했다.

"나는 세상에서 가장 높은 자리에 있어. 그 건물 회장보다 내가 높은 곳에서 일하니까. 고층 건물 유리를 닦다가 밑을 내려다보면 사람들이 어떻게 보이는지 알아? 더듬더듬 기어가는 일개미처럼 보여."

둘은 빠꾸가 운영하는 룸살롱에서 술잔을 주거니 받거니 하면서 회포를 풀었다. 정호는 참한 여자와 결혼을 했다고 했다. 아들 하나, 딸 하나를 낳았다고 했다. 고아로 태어나서 가족을 일궜으니 제법 남는 장사를 한 게 아니냐고 반문했다. 정호는 실로 행복해 보였다. 술자리를 파하고 밖으로 나가서 바지주머니에 택시비를 꽂아주려는데 녀석이 손목을 잡았다. 정호가 눈을 맞추고 말했다.

"준수야, 고맙다."

밑도 끝도 없는 말이었다. 그 말을 듣는 순간 승룡은 와사비라도 먹은 것처럼 코가 찡했다.

두목은 위만 바라보며 오르다가 단박에 바닥으로 떨어졌다. 두목은 모르고 있었던 것이다. 깡패가 아무리 올라가 봐야 깡패 두목밖에 더 되겠는가. 하우스를 차리고 나서 승룡은 비로소 자신이 어떤 존재인지 알 수 있었다. 먹물들의 먹이사슬에서 가장 아래에 있는 게 바로 깡패였다. 고층건물 유리를 닦으면서도 이 세상에서 가장 높은 곳에서 일한다며 자위하는 정호. 어쩌면 정호는 아래로 내려감으로써 외려 가장 높은 자리에 오른 것인지도 모르겠다.

생각이 거기까지 미치자 승룡은 하루코가 교도소로 면회를 왔을 때가 생각났다. 집행유예 판결을 받고 나간 뒤 하루코는 교도소에 있는 친구들 걱정이 됐는지 종종 면회를 오곤 했다. 게다가 승룡은 면회 올 사람이 없는 고아였다. 감옥에서는 법자만큼 서러운 사람도 없다는 사실을 알기에 하루코는 면회를 와서 영치금을 넣어주곤 했던 것이다. 면회시간 종료를 알리는 신호음이 울리자 면회실을 나가려다 말고 하루코가 자신의 이름을 불렀다. 승룡이 멀뚱히 서서 하루코를 쳐다봤다.

"형, 밥 많이 먹어."

밥 많이 먹어라, 라는 말은 그곳 최고의 인사말이었다. 승룡도 따라서 말했다.

"그래, 너도 밥 많이 먹어라."

기실, 세상살이는 모두 밥그릇 싸움이다. 그 밥그릇 싸움에서 가장 밑바닥이 바로 깡패들인 것이다. 그런데도 깡패들은 밥그릇에 붙은 찌꺼기라도 얻어먹기 위해서 송곳니를 드러내고 발톱을 세웠다.

승룡은 미로 속에 서 있는 자신의 발을 봤다. 문득, 마음이 약해진 이유를 알 것 같았다. 정호의 눈에 어리던 안개 같은 것. 언젠가부터 타인의 눈에 어린 안개가 보였다. 그러고 보면 사람은 누구나 고아다. 이놈, 저놈, 그놈 할 것 없이 모두 불쌍한 놈이다. 이제 달거니 노릇도 그만 할 때가 된 것일까, 하는 생각과 함께 정호의 발목에 칼을 들이대지 않은 건 그나마 살아오면서 몇 안 되는 잘한 일이라는 생각이 들었다. 승룡은 스님이 그랬던 것처럼 성큼 미로의 경계선 밖으로 발을 내디뎠다.

미스트레티드(Mistreated)

"오빠, 조금만 더 기다려봐요. 기분이 좋아질 거예요."

히죽 웃으면서 떨이가 말했다. 시키는 대로 승룡은 길게 연기를 들이마셨다. 승룡이 손가락으로 떨이의 좌석을 가리키면서 물었다.

"원래 대마초를 거기다 보관해?"

조금 전 떨이가 운전석 아래에서 대마초를 꺼내는 걸 보고서 묻는 것이었다. 떨이는 좌석 위에 덮여 있는 레자 시트를 손바닥으로 툭툭, 쳤다.

"여기가 제일 안전해요. 마약반 검문에 걸리면 트렁크니 다시방이니 할 것 없이 다 뒤지거든요. 이렇게 시트가 깔렸으니까 언뜻 봐서는 안에 뭐가 있는지 알 수가 없잖아요. 간신히 손이 들어갈 크기의 구멍이어서 시트를 걷어내도 좀처럼 보이지 않고요."

떨이는 시선을 옮겨 승룡의 손가락 끝에서 빨갛게 타는 불빛을 내려다봤다.

"어때요?"

연기를 들이마시다가 목이 매운지 승룡이 헛기침을 해댔다. 기침이 멎더니 승룡이 빤히 쳐다보면서 물었다. 느닷없는 질문이었다.

"떨이는 명문대 공대 출신이라면서?"

대학 생활은 정말이지 거지 같았다. 공대로 가라고 권유한 건 아버지였다. 아버지도 공대 출신이었다. 공기업 고위 간부를 역임한 뒤 퇴사해 아버지는 전기관련 사업을 했다. 아버지가 운영하는 사업체가 잘 됐기 때문에 3남매 모두 경제적으로 별 어려움 없이 클 수 있었다. 자수성가한 아버지는 가계를 일으킨 것에 대한 자부심이 상당했다. 아버지는 입버릇처럼 말하곤 했다. 사(士)자 들어가는 직업을 갖지 않을 거면 남자는 공대를 가는 게 좋다. 공대를 나오면 적어도 제 식구를 굶기지는 않으니까. 뜻만 있었다면 의대나 법대도 갈 수 있을 만큼 떨이는 고등학교 시절 제법 공부를 잘했다. 하지만 의사가 되자니 메스를 드는 게 싫었고, 검사나 판사가 되자니 법의 잣대로 누군가의 운명을 함부로 저울질하는 게 싫었다. 마땅히 가고 싶은 과도 없고 해서 아버지가 바라는 대로 공대에 진학했다. 아버지의 기대에 부응하는 아들이 되고 싶었던 것이다. 형제 중 유일한 남자였던 터라 떨이에 대한 아버지의 사랑은 각별했다.

그런데 대학에 가서 보니 순 마초적인 놈들뿐이었다. 엄밀히 말해 마초와 마초적인 놈은 다르다. 전자는 센 놈이고 후자는 센 척하는 놈이다. 해병대를 나온 게 무슨 자랑이라고 축제 때만 되면 해병대 복장을 하고서 떼 지어 다니는 놈들, ROTC인 게 너무 대견해서 일상적인 대화에서조차도 '했나'라고 묻고, '했습니다'라고 답하는 놈들, 걸핏하면 후배들을 불러놓고 얼차려를 시키는 놈들. 하루는 한 학년 선배들이 동기들을 불러 모았다. 체육대회에서 공대 다른 학과한테 축구시합에서 졌다는 이유로. 축구시합에서 진 건 2학년 선배들의 실수 때문이었다. 선배들은 열심히 뛰지도 않았고, 패스도 엉망이었다. 그런데도 선배들은 군기가 빠졌다면서 후배들에게 얼차려를 시켰다. 그때부터 떨이는 과 행사에 나가지 않았다. 그러니 자연스럽게 물에 뜬 기름처럼 무리에 섞이지 못하고 부유하게 됐다.

"공대는 적성에 맞지 않았어요. 차라리 의대나 법대엘 갈 걸 그랬나 봐요."

"의대? 법대? 재밌는걸. 떨이의 손에 내 몸이 꿰매어지고,

징역이 찍힌다고 생각하니까."

무심코 한 말인데 승룡에게는 위화감을 줄 수 있겠구나 싶었다. 승룡이 재떨이에 대마초를 비벼 껐다. 떨이도 재떨이에 꽁초를 비벼 핸들 위로 손을 뻗었다. 이를 보더니 승룡의 낯빛이 변했다.

"근데 시동을 왜 걸어? 대마초 피고 운전하려고? 그러지 말고 조금 있다가 가자고. 마음이 진정되면."

"이래 봬도 떨잽이 생활 20년인데, 이까짓 운전을 못 할까 봐서요. 저는 필을 잡으면 뭐든 더 잘해요. 그렇게 안 봤는데 오빠가 왜 이렇게 겁이 많을까? 오빠는 걱정 붙들어 매시고 앉아 있기만 해요."

아무렇지도 않게 답한 뒤 떨이는 승룡 쪽으로 몸을 움직였다. 안전벨트를 매주기 위해서였다. 그러자 승룡의 낯빛이 더 굳어졌다.

"아니…. 왜 그렇게 얼굴을 들이대?"

하얗게 질린 낯빛을 하고서 몸을 빼는 승룡을 보고 있으려니 떨이는 절로 웃음이 났다. 우락부락한 인상에 걸맞지 않게 행동하는 승룡이 귀엽게 느껴졌다.

"어머, 별꼴이야. 내가 잡아먹기라도 할까 봐서 그래요? 뭘 그렇게 몸을 사려요. 얼굴이 유리창에 다 닿았잖아요."

승룡이 겸연쩍은 표정을 지었다.

"누가 몸을 사려? 느닷없이 달려드니까 그런 거지."

"그건 그렇고 어디로 갈까요? 역으로? 아님 터미널로?"

"기차역으로 가지."

뭘 물어도 '응' 혹은 '아니'라고 단답형으로만 답하던 승룡이 부쩍 말이 많아진 걸 보니 아무래도 필이 꽂힌 모양이다. 기어를 풀고 가속기 페달을 밟으면서 떨이가 말했다.

"일일이 대꾸를 다 해주네. 올 때는 뭘 물어도 입에 본드 칠하고 앉아 있더니. 오빠는 혀에 필이 꽂히나 보네. 히히."

"왜 그렇게 웃어?"

"오빠? 근데 오빠는 왜 아직 미혼예요? 못 했어요? 안 했어요?"

"…."

떨이는 잠시 힐끗 승룡을 쳐다봤다.

"오빠처럼 멋진 남자가 왜 솔로일까? (음성을 내리깔면서) 니들이 진상친 가게는 얼씬도 마. 다음에 걸리면 아주 목줄을 따 버릴 테니까. 이렇게 멋있게 말하는 사람이. 사랑한 사람은 있었을 거 아녜요?"

"몇 번 해봤지. 근데 감옥에 갔다 오거나 잠수 탔다가 돌아오면 사라지고 없더라고."

"그래서 어떻게 했어요? 여자는 찾아봤어요?"

"처음에는 찾아봤지. 수소문해보니 후배하고 산다는 거야.

살림집에 찾아가봤지. 이왕 이렇게 된 거 잘들 살라고 덕담이라도 해주려고 갔는데…. 하필이면 둘이 바닥에 누워서 간지럼을 태우면서 낄낄대고 있더라고. 근데 후배 새끼가 날 보더니 인사만 하더니 입에 자물쇠를 채우는 거야. 온몸에 열이 뻗칠 수밖에. 그래서 벽에 걸려 있는 거울로 대가리를 날려버렸지. 더 화가 나는 건 날 말리는 여자였어. 생각 같아서는 귀싸대기라도 올리고 싶었지만, 얼굴 뜯어먹고 사는 년인데 싶어서…. 호스티스였거든. 그날 이후부터는 여자가 도망가도 찾질 않게 됐어. 못 볼 꼴 보느니 모르는 게 낫다 싶어서. 사람 잊는 데는 소주만 한 게 없어. 맥주잔에 소주를 부어 마시는 거지. 그렇게 몇 잔 마시다 보면 천장이 돌아. 그러면 자빠져 자는 거야. 그러는 떨이는?"

"나야 사랑 많이 해봤죠. 주기도 하고, 받기도 하고."

말은 그렇게 했지만 돌아보면 구질구질한 연애가 전부였다. 말끝에 눈앞에 '그 사람'의 환영이 스쳐 갔다.

과 선배들로부터 얼차려를 받고서 떨이는 동기들과 술을 마셨다. 술자리에서 일어서는데 하늘이 돌고 땅이 일어서는 것 같았다. 간신히 지하철을 타긴 했는데, 지하철 안에서 그만 정신을 놓고 말았다.

정신을 차려보니 낯선 공간에 누워 있었다. 상체를 일으켜 방안으로 둘러봤다. 커튼 사이로 햇빛이 비쳐들었다. 눈이 부셔서 손차양을 만들어야 했다. 떨이는 속옷만 입고 있는 자신을 발견했다. 이어서 방을 둘러봤다. 방에는 싱글 침대가 두 개 놓여 있었다. 침대들 사이에는 스탠드가 놓여 있었다. 다른 침대에는 낯선 남자가 자고 있었다. 떨이는 어젯밤 일을 더듬어봤다. 하지만 아무것도 생각이 나질 않았다. 자는 남자를 물끄러미 내려다봤다. 게이일까? 게이라고 해도 상관없을 것 같았다. 짐작하건대 침대가 떨어져 있는 것으로 봐서는 남자와는 아무 일도 없었을 테니까. 인기척에 잠이 깼는지 남자가 상체를 일으키더니 물었다.

"깨어났어?"

떨이는 멀뚱히 사내를 쳐다봤다. 남자가 기지개를 켰다. 햇빛을 받은 실크 소재의 셔츠가 환하게 번쩍였다. 로만 칼라 형태의 셔츠를 입고 있는 남자는 신부(神父)처럼 보였다. 남자가 물었다.

"어젯밤 일 기억 안 나? 지하철역에서 쓰러져 있는 걸 내가 업고 여기로 데리고 왔어. 그 지하철역이 순환선 종점이야. 어젯밤 새벽까지 밤샘 근무를 하다가 어디 가서 눈을 붙이려고 나왔다가 널 봤어. 내가 널 발견한 게 새벽 네 시니까 세 시간 정도 그렇게 지하철역 바닥에 앉아 있었을 거야. 쭈그리고 앉아 있는 게 가여워 보여서 업고 왔어. 그러니까 이상한 눈으로 쳐다볼 것 없어. 업고 오는데 네가 내 등 뒤에다가 구토해서 모텔에 들어오자마자 빨래부터 했으니까. 네 티셔츠는 빨아서 옷걸이에 걸어뒀어."

그러더니 남자가 손으로 입을 가리고 하품을 한 뒤 시계를 내려다봤다. 남자는 밖에 나가서 해장국이나 먹자고 했다. 욕실에 들어갔다가 나오더니 남자가 머리를 말렸다. 떨이는 간단히 세수한 뒤 티셔츠와 청바지를 걸쳤다. 그러자 남자가 떨이한테 이리오라고 손짓했다. 다가갔더니 티셔츠의 젖은 부분에 헤어드라이어를 갖다 댔다. 머리를 다 말린 뒤 남자는 감색 슈트를 입었다. 사람이 달라 보였다. 큰 키에 마른 체형이어서 더블 슈트가 썩 잘 어울렸다.

남자가 국밥을 먹다가 문득 생각났다는 듯이 물었다.

"어젯밤에 뭐 안 좋은 일 있었어? 필름이 끊길 때까지 술을 마시게."

이상하게 처음 보는 사람인데도 남자에게는 사실대로 말해도 될 것 같았다. 남자가 자신에 대해 소개했다. 정부 산하 연구소에서 연구원으로 일하고 있고, 나이는 서른넷, 두 살 된 딸이 있다고. 숟가락을 식탁에 내려놓으면서 남자가 말했다.

"쉬는 날이어서 드라이브를 가려고 하는데 함께 갈래?"

떨이는 고개를 끄덕였다. 매사에 신중한 자신이 이제 겨우 통성명을 한 사람의 제의를 왜 거절하지 않았는지 모를 일이었다. 머리가 복잡해서 그랬는지도 모르겠다. 우선 학교는 가고 싶지 않았다. 집에 전화를 않고 외박을 한 것도 걱정됐다. 집 생각이 나자 눈앞이 캄캄해졌다. 벼랑 끝에 선 것만 같았다. 될 대로 되라는 심정이 들었다. 선뜻 남자를 따라간 것도 그 때문이었을 것이다.

남자는 차를 몰아서 강릉으로 갔다. 휴게소에서 간단히 점심을 먹은 시간을 제외하고는 쉬지 않고 달린 덕분에 오후 두 시에는 경포대에 닿을 수 있었다. 눈앞에는 너른 바다가 펼쳐져 있었다. 먹잇감을 발견한 맹수처럼 파도가 사장까지 내달려왔다. 부서지는 하얀 포말이 맹수의 송곳니처럼 무섭게 느껴졌다. 바다가 그토록 격정적으로 보이는 것은 처음이었다. 남자가 바다를 보면서 말했다.

"난 가슴이 답답할 때마다 동해에 와. 동해에 와서 바닷바람을 쐬면 막혔던 가슴의 벽이 훤히 뚫리는 것 같아."

남자는 가슴을 활짝 펴면서 심호흡했다.

"가끔 그럴 때가 있어. 세상의 풍경이 정물화처럼 보일 때가. 그 그림 속에는 마땅히 살아서 꿈틀거려야 할 생물들이 홀연히 정지돼 있어. 그런데 이상한 건 너무나 아름다운 광경을 봤을 때에만 그런 착각이 든다는 거야. 아마도 세상이 아름답다는 걸 부정하고 싶어서 그런 환영을 만드는 모양이야. 저토록 아름다운 세상에서 언젠가는 내가 배제돼야 한다는 걸 인정하고 싶지 않은 거지. 아름다운 세상을 보는 건 내 눈인데,

내가 사라진다면 아름다운 세상이 무슨 필요가 있겠어? 진짜 슬픈 것은 나를 위해 펼쳐진 아름다운 세상을 스스로 외면해 왔다는 사실이야. 그런 생각이 들면 수면 위로 묵직한 바위라도 떨어진 것처럼 가슴이 철렁, 내려앉지."

남자의 시선은 수평선을 향해 있었다. 고요한 눈빛이었다. 바투 옆에 서 있는데도 남자가 까마득히 먼 곳에 서 있는 것처럼 느껴질 만큼 적막한 눈빛. 그런데 남자가 느닷없이 팔을 뻗어서 얼굴을 붙잡더니 키스를 했다. 그때 떨이의 귀에는 철썩이는 파도소리가 들렸다. 온몸이 마비될 만큼 큰 소리가…. 집으로 돌아와 잠자리에 누웠을 때 떨이는 남자의 눈빛이 스쳐 갔다. 손을 뻗어도 닿지 않을 것 같은 아득한 눈빛을 떠올리는 순간 떨이는 알았다. 남자에 대한 감정이 무엇인지.

이튿날 떨이는 남자에게 전화를 걸었다. 그때부터 떨이에게 남자는 '그 사람'이 됐다. 떨이는 한 학기 내내 학교에 가질 않았다. 그 사람과 어울리면서 이태원에 있는 이반바(異般bar)에 가게 됐다. 그 사람은 바이였다. 자신이 양성애 성향이 있는 걸 중학교 때 알았다고 한다. 이상하게 여자 선생님보다 남자 선생님한테 끌렸다는 것이다. 이반바 출입이 잦아지면서 마리화나도 피우게 됐다. 마리화나를 피우면 온몸의 신경이 살아나는 것 같았다. 지상 위로 비상한 것 같았다. 언젠가는 다시 땅으로 떨어질 것을 알면서도 멈출 수 없는 욕망이었다.

승룡이 손가락으로 앞차를 가리켰다.

"앞차는 새벽에 뭐가 그렇게 바쁘다고 깜빡이도 안 넣고 추월을 하지."

"그러게요. 애인 만나러 가나 보죠. 근데 오빠는 종교가 불교예요?"

"종교? 그런 거 없어. 그냥 살다가 가는 거지. 뭐."

"그냥 살다가 가요? 어디로 가요?"

"어디긴 어디겠어. 골로 가는 거지. 어릴 때는 교회를 다녔지. 내가 살던 보육원을 운영하는 데가 기독교 단체였거든. 일요일이면 예배 시간 내내 졸다가 끝나면 초코파이 얻어먹곤 했지."

"다친 몸을 이끌고 새벽같이 절을 가서 불교를 믿나 했죠."

"절은 스님을 보려고 간 거야. 그러는 떨이는 종교가 뭐야?"

"어릴 때 성당에 다녔어요. 한때는 제법 신앙심이 깊었어요. 침대 머리맡에《성 경》을 둘 정도로. 근데 오빠는 스님을 어떻게 알게 됐어요?"

"예전에 스님이 있던 절에 폭력사태가 났어. 그걸 해결하려고 갔다가 알게 됐지. 그 노인네를 만나면 이상하게 마음이 편안해져. 스님 법명이 무상이잖아. 언젠가 내가 무상의 뜻을 물었더니 스님이 좆도 아니라고 말하는 거야. 그말을 듣고 나니 스님이 좋아지대."

떨이는 다시 그 사람의 얼굴이 눈앞에 스쳐갔다. 이태원의 보카치오라는 이반바에서 마리화나를 피우다가 경찰한테 붙잡혔다. 그 사람과 함께였다. 둘은 다른 현장범들과 함께 곧바로 경찰서에 연행됐다. 경찰서에서 조사를 받을 때부터 그 사람은 낯빛을 바꿨다. 그 사람은 호기심에 이반바에 놀러 갔고, 업소 종업원이 권해서 마리화나를 피웠다고 주장했다. 떨이는 화가 났다. 그 사람은 지난 행위를 부정함으로써 떨이와의 관계마저도 부정하고 있었다. 형사는 떨이한테도 동성애자 여부를 물었다. 처음에는 범행과는 무관한 질문을 하지 말라고 따질 작정이었다. 하지만 나중에는 생각이 달라졌다. 떨이는 아무것도 뉘우칠 게 없다는 듯 떳떳하고 당당하게 사실을 시인했다. 적어도 자신만큼은 사랑을 부정하고 싶지 않았다. 사랑을 부정하는 것은 곧 존재를 부정하는 것이라는 생각이 들었다.

구치소 생활은 지옥 그 자체였다. 떨이는 그곳의 현실을 견딜 수 없었다. 나는 누구를 죽이지도 상해를 입히지도 않았다. 누구의 재산을 훔치지도 않았다. 그저 마리화나를 피우고 잠시 정신을 놓았을 뿐이다. 내가 내 의지로 내 정신을 자유롭게 하는 게 죄인가? 국가가 개인의 신체와 정신과 의지마저도 통제해야 하는가? 이런 생각들만 머릿속에 가득했다. 떨이를 더욱 힘들게 한 건 다른 죄수들의 태도였다. 대학생이라는 이유로 떨이는 다른 죄수들의 탄원서를 써줘야 했다. 그들은 하나같이 정서법을 몰랐다. '갈취'를 '갈치'라고 쓰는 그들조차도 게이라는 사실을 알고 나서부터는 떨이를 하대하기 시작했다. 몸에 문신을 새긴 이, 성기에 이물질을 넣어서 확대한 이, 욕설이 섞이지 않고는 대화를 할 수 없는 이. 그들은 천적에게 크고 강하게 보이려고 의태를 보이는 동물 같았다. 그런데 왜 그런 추악하고 저열한 이들조차 자신을 함부로 대하는지 알 수 없었다. 그 사실이 화가 나서 견딜 수가 없었다.

잠시 둘 사이에는 침묵이 흘렀다.

"우리 음악이나 들으면서 가죠."

떨이는 시디플레이어의 작동 버튼을 눌렀다. 음악을 들으면 차 안에 흐르는 어색한 기운이 사라질 것 같았다. 이윽고 마이클 잭슨의 〈비트 잇〉이 흘러나왔다. 한결 활기가 차는 게 느껴졌다.

"근데, 마이클 잭슨 팬이야? 오는 내내 마이클 잭슨 노래만 듣더니 갈 때도 그러네. 그러고 보니, 저번에 단란주점에 갔을 때도 떨이는 마이클 잭슨의 노래들을 불렀지."

"왜 마이클 잭슨 싫어요? 오빠는 어릴 때 안 좋아했어요. 마이클 잭슨?"

"어릴 때는 좋아했지."

"어릴 때요?"

떨이는 처음으로 마이클 잭슨의 뮤직 비디오를 봤던 순간을 잊을 수가 없었다. 마이클 잭슨은 남자이면서 여자였고, 흑인이면서 백인이었고, 오디오이면서 비디오였고, 소년이면서 청년이었다. 아니, 세상의 모든 것이라고 해야 옳았다. 떨이는 마이클 잭슨 팬클럽에 가입해 다른 팬들과 교류를 했었다. 그런데 이상하게도 또래의 아이들이 중학교에 진학하더니 언제 그랬냐는 듯 마이클 잭슨에게 전혀 관심을 보이지 않았다. 그 애들의 관심사는 마이클 잭슨에서 마돈나로 옮겨갔다. 그 애들은 마돈나의 누드집 《섹스》를 사서는 무슨 보물이라도 되는 것처럼 책상 서랍에 모셔두고는 수음을 할 때만 몰래 꺼내 보곤 했다. 그때까지 마이클 잭슨을 좋아하는 떨이를 하급생 취급하는 친구도 있었지만, 괘념치 않았다.

"오빠는 어릴 때 우상이 누구였어요? 좋아하는 팝스타가 없었어요?"

"어릴 때 난 드럼을 쳤어. 내가 살던 보육원에서는 원아들이 의무적으로 악기를 배워야 했거든. 드럼 치는 건 신났어. 다른 애들은 마지못해 악기를 연주하는데 나는 신명이 나서 드럼채를 두드렸지."

"방금 드럼 치는 오빠를 떠올려봤어요. 제법 잘 어울리는 것 같았어요. 계속 드럼을 연주하지 그랬어요. 또 알아요. 유명한 드러머가 됐을지."

"드럼 치는 것보다 사람 치는 게 더 신이 났던 거지. 옛날 얘기가 나와서 하는 말인데…. 보아하니 떨이는 부유한 집 출신인 것 같은데…. 어쩌다가…."

평소답지 않게 승룡은 눈치를 보면서 조심스럽게 운을 뗐다.

"어쩌다가 화류계를 돌게 됐느냐? 그걸 묻고 싶은 거죠? 글쎄요. 다 팔자소관 아니겠어요? 외국에 나가서 살았다면 어쩌면 화류계를 돌지 않았을 지도 모르죠."

재판을 받고 출소한 후 떨이는 집으로 돌아가지 않고 이태원 이반바로 향했다. 구치소에 있는 동안 가족 중에서 면회를 온 것은 어머니뿐이었다. 어머니는 면회를 올 때마다 아버지의 말을 전해줬다. 구치소에서 나오는 대로 미국으로 유학을 가라는 내용이었다. 출소하는 날에도 어머니만 마중을 나왔다. 미국으로 간다고 해도 달라질 건 없었다. 중요한 건 자신이 게이라는 사실이었다.

승룡이 물었다.

"거기들은 그 게 나을 것 같은데?"

'거기'는 '게이'를, '그 게'는 외국을 나가는 것을 일컫는 말일 것이다. 승룡의 말은 옳았다. 이태원에서 만난 외국인 중에는 미국 주립 변호사도 있었고, 영국 유명 대학 교수도 있었다.

한국사회에서는 동성애적 성향만 지니고 있어도 아웃팅을

당했다. 본인의 의지와 상관없이 타인에 의해 게이적 성향이 공개되는 것이다. 이태원에서 만난 게이들한테 들으니 법적으로 성적소수자의 인권을 보호해주는 나라도 많다고 한다. 하지만, 떨이 자신이 몸담고 사는 데는 갓 댐 코리아. 한국만큼 호모 포비아가 많은 나라도 없을 것이다. 대부분의 사람이 성적소수자를 부정적으로 보고 있다. 까놓고 말해서 우리나라 포비아들은 성적소수자들을 싫어하다 못해 혐오한다.

비록 갓 댐 코리아에서의 게이 생활이긴 했지만 나쁘지만은 않았다. 떨이는 이반바에서 제2의 삶을 시작했다. 이태원과 종로의 이반바를 돌면서 청춘이 다 갔다. 돌이켜 보면 젊은 날은 마리화나 한 대 피우는 시간에 지나지 않은 것 같았다. 2-30대가 그렇게 마리화나 연기처럼 가뭇없이 사라져버렸다. 이반바에서 많은 이들을 만났다. 그들에게서 많은 것을 배웠다. 사랑을 주고받는 법이며 그 과정에서 돈을 주고받는 법이며. 그러다가 어느덧 무대에서 내려올 나이가 됐다. 또래의 게이들도 하나둘씩 업소에서 쫓겨나다시피 밀려났다. 그들은 내-외국인 게이를 대상으로 매춘해야 했다. 떨이는 그렇게까지 돈을 벌고 싶지는 않았다. 될 수 있으면 매춘만큼은 피하고 싶었다. 자신이 사랑했거나, 자신을 사랑했던 이를 만날 것 같아서였다. 별 다른 대답이 없자 승룡이 말을 돌렸다.

"근데, 어쩌다가 이반바에서 아빠방으로 옮겨왔어?"

"판돌이 소개로요. 판돌이가 전화하더니 대뜸 같이 일하자고 제의했어요. 일할 곳이 아빠방이니 보이시한 차림이어야 한다는 단서를 달았죠. 이반바에서 나온 뒤 마땅히 할 일도 없이 모아둔 돈만 축내고 있었던 차라 판돌이의 제의가 고마웠죠. 더운밥 찬밥 가릴 처지가 아니었으니까요."

판돌이를 다시 만난 곳은 디제이바였다. 게이 친구들의 손에 이끌려서 갔는데 거기 선수로 판돌이가 나온 것이다. 떨이가 여장을 하고 있는데도 판돌이는 대번 그를 알아보고서는 먼저 아는 체를 했다. 중학교 때는 둘 다 모범생이었는데, 화류계에서 만나니 기분이 묘했다. 그날 이후 종종 둘은 연락을 주고받았다.

"예전에 내가 판돌이와 한솥밥을 먹었던 건 알지? 놈은 나이트클럽 디제이, 나는 기도. 녀석은 다른 화류계들과는 달랐어. 사킹이 없다고 할까. 근데…."

"그런데요?"

"꼴통이었어. 나이트클럽은 흐름이 중요하거든. 그 흐름에 맞춰 음악도 흐르고 조명도 돌아가거든. 녀석은 느닷없이 분위기에 어울리지도 않는 하드록을 틀어서 가게 흐름을 깨곤 했어. 한 번 생각해봐. 사이키 펑펑 터지고 문어발 돌아가는 나이트클럽 스테이지에 하드록이 어울리겠어?"

비록 디제이바에서 탬버린을 흔들다가 끝내 아빠방까지 전전하게 됐지만 판돌이는 음악적인 열정이 있는 놈이다. 수천 장의 레코드판을 대단한 보물이라도 되는 것처럼 아끼는 것만 봐도 알 수 있다. 판돌이에 대한 얘길 꺼내려는데, 차 앞으로 불쑥 세단차가 끼어들었다.

"추월하려고만 하면 앞차는 왜 길을 막는 거죠?"

"아빠방 일은 할 만해? 언니들을 상대하는 게 떨이한테 힘들 것도 같은데?"

"아뇨. 전혀 안 힘들어요. 선수들을 볶아대는 사장만 아니면 힘들 게 뭐가 있겠어요?"

말을 마치고 나서 떨이는 승룡의 눈치를 살펴야 했다. 따지자면 승룡과 빠꾸는 친구 사이이다. 제 친구 욕하는 걸 좋아할 사람이 어디 있겠는가 싶었던 것이다.

실제로 일은 생각보다 재미있었다. 무엇보다도 손님들과 말이 잘 통해서 좋았다. 남녀공학 고등학교 때로 돌아간 것 같았다. 손님들은 다른 선수들에게는 말 못하는 걸 떨이한테는 사심 없이 털어놨다.

손님들은 전직 화류계들이 많았다. 더러는 결혼해서 아들딸 낳고 잘 사는 이들도 있었지만, 대부분은 결혼에 실패하고 다시 개구리밥처럼 뿌리를 내리지 못하고 떠도는 생활을 하고 있었다. 화류계들만큼 애욕의 덫에 잘 걸리는 존재도 없다. 그들은 덫을 놓는 포수인 동시에 그 덫에 걸리는 짐승이기도 하다. 그건 마치 마약상 중에서 마약중독자가 많은 것과 같은 이치이다.

손님들은 떨이에게 연애의 달뜬 심정을 털어놓기도 하고, 이별의 아픔을 하소연하기도 했다. 그럴 때마다 떨이는 적당하게 맞장구를 쳐줬다. 지상 위를 비상한 듯 행복한 표정을 한 이들에게는 단꿈이 깨지지 않길 빌어줬고, 2미터 깊이의 무덤 속에 누운 듯 참혹한 표정을 한 이들에게는 위무의 말을 건넸다. 모든 게 순조로웠다.

빠꾸만 아니면 아무 것도 문제 될 게 없었다. 언젠가부터 가게에 냉기류가 흘렀다. 빠꾸가 선수들의 업무 실적을 대조하면서부터였다. 빠꾸는 실적이 저조한 선수들에게 면박을 주기 시작했다. 면박이 심해져 협박이 되더니, 나중에는 말 대신 폭력을 행사했다. 어차피 표적은 정해져 있었다. 나중에 떨이는 빠꾸한테 손찌검까지 당해야 했다. 종로에 조그맣게 이반바를 차릴 만한 여력이 있는 떨이로서는 아쉬울 게 없었다. 빠꾸 얘기가 나오자 어색했는지 승룡이 말머리를 돌렸다.

"근데 하루코와 진두가 사귀어? 아무래도 둘이 수상하던데."

"뭐가 어떻게 수상한대요?"

"둘이 주고받는 눈빛을 보니까 그렇더라고."

"눈빛만 보고도 그 사람의 마음을 읽을 수 있어요?"

"싸움할 때 뭘 보고 상대가 강한지 약한지 평가하는 줄 알아? 바로 눈이야. 근데, 아무리 심장이 무쇠 같은 놈도 쓰러질 때는 눈에 어둔 그림자가 어려. 안개 같은 게."

동감의 표시로 떨이는 고개를 끄덕였다. 무언가를 간절히 갖고 싶은 이의 눈에는 욕망의 빛이 서린다. 원하는 것을 손에 쥐지 못한 이의 눈에는 원망의 빛이 깃든다. 끝내 모든 것을 포기한 자의 눈에는 정적만이 남는다. 바람 부는 허공에 쓸쓸히 떨어지는 꽃잎의 동선 같은 고요만이….

참으로 불가해한 것은 꽃같이 예쁜 어린애의 눈에도 꽃 그림자 같은 그늘이 어린다는 사실이다. 그러니 환희와 더불어 슬픔은 태어날 때부터 유전되는 생의 유산이라고 할 수 있다.

"역시 오빠는 뭘 좀 아는 사람이에요."

"…."

한참 동안 승룡이 대꾸하지 않았다. 옆을 살펴보니 차창에 머리를 기대어 졸고 있다. 이윽고 들려오는 코 고는 소리.

하긴 뜬 눈으로 밤을 지새웠으니 피곤도 할 테지. 기차역 앞에 정차한 뒤 떨이는 승룡의 어깨를 흔들었다.

"그만 일어나요. 기차역에 왔어요."

소스라치게 놀라서 일어나더니 승룡은 여기가 어디지, 하는 표정을 지으면서 주위를 둘러봤다. 상황 판단이 된 듯 승룡이 짧게 물었다.

“지금 몇 시야?”

“7시20분이요.”

고개를 끄떡이더니 승룡은 떨이의 손목에 채워져 있는 시계를 손가락으로 가리켰다.

“근데 떨이는 왜 그렇게 큰 시계를 차고 있어? 알이 엄청 굵은데.”

떨이는 다시 한 번 자신의 시계를 내려다봤다. 우연인지 필연인지 그 사람이 이반바로 놀러 왔다. 그 사람은 한동안 멀뚱히 쳐다보기만 했다. 그 사람은 다니던 직장에서 쫓겨나서 아내와 조그맣게 오퍼상을 하고 있다고 했다. 가끔 이반바를 찾는다고 했다. 술에 취하더니 가슴에 얼굴을 파묻고 울어댔다. 뭐라고 계속 중얼댔는데 미안하다는 말밖에는 들리지 않았다. 떨이는 그 사람의 어깨를 쓸어줬다. 아무리 다독여도 그 사람은 울음을 멈추지 않았다. 떠날 때 그 사람에게 손목에 차고 있는 시계를 달라고 했다. 공항면세점에 가면 싼값에 살 수 있는 흔하디흔한 스와치 시계였다.

“시인성이 좋아서 시간을 금세 알아볼 수 있잖아요.”

“그건 그렇고 가게는 언제 오픈할 거야?”

“모르겠어요. 이제 곧 개업식이 열릴 것 같아요. 준비가 거의 끝나가니까요.”

경주로 내려온 뒤 일행은 눈코 뜰 새 없이 바쁜 나날을 보냈다. 하루코가 일본 관광객들을 대상으로 하는 여행사들을 찾아다니는 동안 선수들은 각자 관리하는 단골손님들에게 전화를 걸었다. 가게 규모보다 선수가 적다 싶었는지 하루코는 울산에서 활동하는 실장과 메인, 선수 네 명으로 구성된 소박스팀을 영입했다. 실장을 제외하고는 모두 30대 초반. 선수들은 각기 개성이 뚜렷해서 손님들의 다양한 식성을 충족시키기에 부족함이 없어 보였다. 이제 문만 열면 되겠구나 한시름 놨을 때 사달이 났다. 여자가 아빠방을 열었다는 게 소문이 퍼진 모양이었다. 길 닦아 놓으니까 거지 지나간다고. 꽃집을 차리자 벌과 나비도 날아들기 전에 똥파리들부터 달려든 꼴이었다. 승룡이 놈들을 혼내줄 때는 정말이지 속이 개운했다. 그런 놈들은 혼나야 마땅했다.

"개업식 날 올 거죠?"

"가야지. 우리 하루코가 하는 가겐데."

"우리 하루코? 거기서 '우리'는 누구예요?"

"하루코의 친구들."

"하루코 언니 멋있죠?"

"하루코 담배 피우는 모습 유심히 본 적 있어? 걔는 엄지와 검지로 담배를 들잖아. 영락없는 막일꾼 같지. 다른 여자가 그랬다면 샤론 스톤처럼 섹시했을 텐데. 걔가 어릴 적에 시골에서 자라서 그런 것 같아. 하루코가 어떻게 한 때는 호스티스를 했는지 모르겠어."

떨이는 하루코가 고마웠다. 새로 아빠방을 여는 데 자신이 꼭 필요한 것은 아니었다. 그 사실을 잘 알기에 떨이도 자진해서 선뜻 1,000만원을 냈던 것이다.

"개업식 때 보자고. 역까지 태워줘서 고마워. 들어가."

마지막 인사말을 건넨 뒤 승룡은 문을 열고 차 밖으로 나갔다. 눈이 시릴 때까지 멀거니 멀어지는 승룡의 등을 보고 있으려니 이상하게도 새벽 한기에 움츠렸던 몸이 시나브로 풀리는 게 느껴졌다.

집에 돌아오니 식탁에 하루코와 판돌이가 나란히 앉아서 라면을 들고 있었다. 냄비 위로 수증기가 하얗게 올라오는 것으로 봐서 냄비를 식탁을 내려놓은 직후인 듯싶었다. 현관으로 들어서는 떨이를 보자 하루코가 얼른 일어나서 부엌으로 향했다.

"아침 안 먹었지? 라면 같이 먹자."

하루코는 싱크대 위에 놓인 식기건조대에서 국그릇과 젓가락 한 짝을 챙겨 들었다. 떨이는 라면 냄새를 맡으니 허기가 밀려왔으나 나란히 앉아서 라면을 먹는 둘의 모습이 하도 다정해 보여서 식탁 의자를 차지하기가 어딘지 모르게 민망스러웠다.

"라면 두 개만 끓인 거 아냐?"

판돌이가 이리 오라고 손짓하며 말했다.

"괜찮아. 전기밥솥에 밥 있어. 조금씩 라면 나눠 먹고 국물에 밥 말아 먹으면 되지. 얼른 와."

식탁에 앉자 하루코가 승룡의 안부부터 물었다.

"왜 이렇게 늦었어? 승룡이 형은?"

냄비에서 라면을 건져서 국그릇에 받으면서 떨이는 답했다.

"오빠는 서울로 올라갔어."

"지난밤에 별일은 없었고?"

"왜 없었겠어. 승룡 오빠가 그놈들이 있는 가게로 쳐들어가서 아주 혼쭐을 내줬지. 덕분에 제대로 된 노와이어 리얼 액션 영화를 관람료도 안 내고 봤네."

말끝에 떨이는 하루코를 향해 찡긋, 윙크했다. 굳이 다 말 안 해도 일이 어떻게 마무리됐는지 짐작하겠다는 듯 하루코가 웃음으로 답했다. 판돌이가 들고 있던 젓가락을 식탁에 내려놓은 뒤 허공에 대고 종 주먹을 먹이면서 끼어들었다.

"아무렴. 놀던 가락이 있지. 승룡이 형 주먹 솜씨가 어디 가겠어. 옛날에 나이트클럽에서 문지기로 있을 때도 대단했어. 예닐곱명 상대하는 건 일도 아니었어. 형이 이쪽저쪽 벽을 번갈아 디디면서 몇 차례 발차기를 하고 나면 곰 같은 놈들이 사지를 뻗고 바닥에 누워 있었다니까."

"승룡이 형 다친 데는 없고?"

국자로 국그릇에 라면 국물을 떠주면서 하루코가 물었다. 순간 떨이는 뭐라고 답을 해야 할지 망설였다. 별일 없었다고 하는 게 승룡을 도와주는 일일 것 같았다.

"없어. 다치고 자실 새도 없었어. 순식간에 일이 마무리 됐어. 놈들을 다 눕힌 뒤 이렇게 말하는 거야. (음성을 내리깔면서) 니들이 진상친 가게는 얼씬도 마. 다음에 걸리면 아주 목줄을 따 버릴 테니까. 놈들 아지트에서 나오다가 그 가게 사장과 마주치게 됐어."

하루코가 눈이 동그래졌다.

"그래서?"

"얘기가 잘 된 모양이야. 그 가게 사장이 알고 보니 오빠 친구의 후배였대. 나올 때 언니 연락처를 적어주던데. 잘 부탁한다는 말을 덧붙이면서."

하루코는 말없이 고갤 끄덕였다. 라면 면발을 건져 먹으면서 판돌이가 물었다.

"밤새 안 들어 와서 걱정했잖아. 무슨 사고가 난 줄 알고. 근데 왜 이렇게 늦었어?"

"승룡 오빠가 아는 절에 다녀왔어. 오빠가 가 보고 싶다고 해서. 그리고 이거 언니 주려고 가져왔어. 노 스님이 써 준 거야."

떨이는 식탁 옆에 놔둔 둘둘 만 붓글씨를 들어서 펼쳐 보였다. 붓글씨를 보더니 하루코가 고갤 갸우뚱했다.

"이게 뭔 뜻이냐? 한자로 쓰여 있어서 도통 뭔 말인지 알 수가 있어야지."

"일본 다쿠안 선사의 말이래. 내용인즉슨, '나는 부처를 팔고, 그대는 몸을 팔고, 버들은 푸르고 꽃은 붉고, 밤마다 물 위로 달이 지나가지만, 마음 머무르지 않고 그림자 남기지 않는다'는, 노 스님이 나보고 말하길 미모 많이 팔라는 뜻이라나."

일순 눈빛이 반짝이는가 싶더니 하루코가 얼른 붓글씨를 빼앗아 갔다.

"다꽝 선사의 글이라고? 거 잘 됐다. 스님이 용하네. 어떻게 우리가 다꽝 장사 시작하려는 걸 알고. 이거 완전히 부적이네. 앞으로 우리는 돈 긁을 일밖에 안 남았다. 이거 근사하게 표구해서 걸어놔야겠는데."

아니나 다를까, 예상했던 대로 하루코의 입에서는 '다꽝 장사'라는 말이 튀어나왔다. 하루코는 붓글씨를 들고서 위아래로 훑어봤다.

라면을 다 먹고 나서야 떨이는 불새가 없다는 데 생각이 미쳤다.

"불새는 아직도 안 들어왔어?"

김치 그릇을 냉장고에 넣으면서 하루코가 답했다.

"어디 손맛 보러 갔나 보지."

판돌이가 덧붙이듯이 말했다.

"누가 불새를 말리겠어."

설거지하려고 일어서려니까 하루코가 먼저 싱크대 앞으로 걸어가면서 말했다.

"밤새 한숨도 못 잤을 텐데 그만 방에 들어가 봐."

"설거지는 내가 하려고 했는데…. 언니야말로 몸 아물 때까지는 쉬어야 하는 거 아냐?"

일없다는 듯 하루코가 수세미 든 손을 흔들어 보였다.

온수에 몸을 씻고 침대에 몸을 뉘니 떨이는 일시에 피로감이 밀려왔다. 조금 전까지 하루코가 누워 있었는지 침대는 온기가 고스란히 남아 있었다. 집에 방이 세 개밖에 없는 탓에 떨이는 하루코와 같은 방을 쓸 수밖에 없었다. 떨이는 팔을 뻗어서 침대맡에 둔 책을 집어 들었다. 오스카 와일드의 《옥중기(獄中記)》였다.

만약 이 책을 만나지 않았다면 떨이는 구치소에서 자살했을지도 모를 일이었다. 방에 비치된 책 중에 《옥중기》가 있었다. 《옥중기》는 떨이에게 또 하나의 바이블이었다.

책장을 넘겼다. '인간은 모든 것을 잃었을 때, 비로소 그것을 소유하고 있었다는 것을 알게 된다'라는 구절이 눈에 들어왔다. 오스카 와일드는 애인의 아버지에게 고소당해 재판에서 2

년형을 받았다. 6개월의 형기를 남겨두고서 감옥 당국으로부터 독서와 집필을 허가받은 그는 곧바로 《옥중기》를 써나갔다. 오스카 와일드는 한때는 '나는 천재성 말고는 감춘 게 없다'라고 자신만만해했던 이였다.

하지만, 동성애자라는 이유만으로 그는 세상의 온갖 비난과 학대를 받아야 했고, 가난과 질병 속에서 불행하게 짧은 생을 마쳐야 했다. '고통은 영원하며 희미하고도 어두운 것, 그리고 무한의 속성을 가진 것'이란 문장이 눈에 들어온다. 오스카 와일드가 《옥중기》에서 인용한 워즈워스의 시구였다. 오스카 와일드에게 사랑은 고통에 지나지 않은 것이었음에도, 그는 죽을 때까지 그 사랑을 버리지 않았다.

떨이는 피고석에 그 사람과 나란히 섰을 때 생각이 났다. 그 순간만큼 그 사람이 멀게 느껴진 적이 없었다. 그 사람은 떨이에게는 눈길조차 마주치지 않더니 재판이 끝나자 아내를 끌어안고 흐느꼈다. 단 한 번도 그런 적이 없는데 그 사람의 아내에게 질투가 느껴졌다.

책장을 덮고 나서 떨이는 지난밤 승룡을 따라서 절에 간 것은 잘한 일이라는 생각이 들었다. '향상일로'라고 했던가? 가장 높은 곳으로 향하는 길이라고 했던가? 그러려면 위로 올라가는 게 아니라 아래로 내려가는 거라고 했던가? 어쩌면 오스카 와일드가 동성 애인인 더글러스를 사랑한 대가로 치러야 했던 온갖 멸시를 받으면서 써내려간 옥중기가 바로 향상일로일지도 모르겠다는 생각이 들었다. 거기까지 생각이 미치자 밀려드는 가슴 뻐근한 통증이 밀려왔다. 떨이는 누구에게랄 것도 없는, 대상이 모호한 말이 목까지 올라오는 것을 애써 억눌러 삼켰다. 사랑한다, 사랑한다. 사랑한다…. 그래, 돌아보면 하나같이 구질구질한 사랑뿐이었다. 하지만 그 사랑들은 또 얼마나 바닥까지 내려가 본 뒤에야, 이리저리 짓밟히고서야 아름다움으로 충만할 수 있었던가? 그렇게 떨이는 수마에 빠져들었다.

드디어 가게 문을 열었다. 개업식 날에는 울산에서 섭외해온 소박스팀 선수들과도 함께했다. 소박스 팀 선수들을 보고서 빠꾸가 하루코에게 말했다.

"늙다리들만 데리고 어떻게 장사를 하려고 하나 했는데, 괜찮은 애들도 데려왔네."

머리는 장식품으로 달고 다니는지 빠꾸는 아무렇게나 지껄여댔다. 제 딴에는 덕담이랍시고 떠든 말일 게 분명했으나, 그 말을 듣는 순간 떨이는 얼굴이 붉어졌다. 자신도 빠꾸가 말하는 '늙다리' 중 하나임을 잘 알고 있었다. 판돌이나 불새가 빠꾸의 말을 듣지 않아서 다행이었다. 빠꾸의 말에는 이렇다저렇다 대꾸를 하지 않더니 하루코는 손뼉을 쳐서 시선들을 모았다. 이미 길게 깔린 테이블 위에는 족발, 보쌈, 모듬회, 탕수육 등 시켜놓은 안주들이 거나하게 차려진 상태였다. 하루코가 건배를 제의하기 전에 먼저 둥글게 모여서 있는 사람들을 둘러봤다. 이윽고 고갤 한 번 끄덕인 뒤 마이크를 잡았다.

"보이 넥스트 도어 개업식을 찾아주셔서 진심으로 감사드립니다. 우리 건배합시다. 보이 넥스트 도어를 위하여!"

하루코의 건배 제의에 일행도 큰 소리로 보이 넥스트 도어를 위하여, 라고 외쳤다.

보이 넥스트 도어는 문을 열기까지 한 달간의 실내공사를 거쳤다. 홀에는 자그마한 무대가 세워졌고, 음악을 틀 수 있는 설비도 갖췄다. 그뿐만 아니라 뮤직비디오를 볼 수 있도록 스크린을 걸었다. 여유 공간에는 푹신한 소파들로 채웠다. 굳이 아빠방에 필요도 없는 AV 시설을 갖춘 건 손님들이 아니라 선수들을 위해서였다. 홀을 인테리어하면서 하루코는 말했다.

"어쨌든 이 가게 주인은 우리잖아. 주인이 마음이 편해야 손님들도 마음이 편하지. 안 그래?"

그런가 하면 룸은 전형적인 90년대 룸살롱 분위기로 꾸며졌다. 푹신푹신한 갈색 가죽 소파가 ㄷ자 모양으로 자리 잡고, 그 가운데 엔틱한 목조 테이블이 놓였다. 룸 중앙에는 큼지막한 LCD 모니터를 세워놓고, 그 아래 노래방 장비를 설치했다. 조명은 최대한 어두운 가운데 은은하게 해서 어딘지 모르게 신비롭고 은밀하게 느껴지도록 했다. 룸 인테리어도 하루코의 아이디어였다.

"아빠방 찾는 주요 고객이 누구야? 집에서 된장찌개 보글보글 끓여놓고 남편과 애들을 기다리는 평범한 가정주부야? 아니면 남자 동료와 피 터지게 싸워서 이겨야 하는 전문직 여성이야? 아니잖아. 술집 언니들이거나 술집 언니 출신들이잖아. 그것도 나이가 든. 걔들이 한창 순이로 뛰었을 때가 언제야. 90년대 아니겠어. 한때 일본 텐프로에서 뛰어본 선수로서 하는 말인데, 순이들한테 룸은 가장 지긋지긋한 공간인 동시에 가장 아름다운 공간이야. 꽃 피는 시절을 고스란히 바친 곳이니까. 룸에서 진상치는 새끼들한테 온갖 수모를 받기도 했겠지만, 자신을 사랑해주는 손님을 기다리기도 했을 테니까. 90년대가 되면서부터 물장사, 술장사들이 앞다퉈 가게의 칸막이를 걷어버렸지. 조명도 환하게 하고. 그때부터 연애는 은밀한 것도 유일한 것도 아닌 게 됐지. 훤한 가게 안에서 서로서로 힐끔힐끔 쳐다보다가 눈 맞으면 곧바로 합석할 수 있게. 그런데 그때도 룸살롱은 변치 않고 동굴처럼 어두웠어. 여전히 룸살롱의 연애는 은밀했던 거지. 한 번 생각해봐. 그 은밀하고 유일한 공간이 순이 언니들한테 어떻게 느껴질지."

떨이는 가게를 둘러보고 나니 기분이 묘했다. 문득 이런 생각이 들었던 것이다.

시간이 흐르면 모든 게 변한다. 사람도 바뀌고 건물도 바뀐다. 다른 사람들이 다른 건물에서 새로운 거리를 만들어간다. 그런데 거기는 여전히 거기다. 거기 있었던 것들이 모두 사라졌는데도 거기는 그대로 있다.

그때였다. 가게 문이 열리더니 건장한 사내가 들어왔다. 유심히 보니 며칠 전 만났던 단란주점 사장이었다. 걱정하지 말라는 표정을 짓더니 승룡이 놈이 서 있는 곳으로 갔다.

"동생 오랜만이야. 그간 잘 지냈어?"

멜빵을 매고 있어서 더욱 배가 도드라지게 나와 보이는 단란주점 사장이 절도 있게 고개를 숙였다.

"개업식이라고 해서 인사하러 왔습니다."

이윽고 다시 가게 문이 열리더니 놈의 똘마니들이 주렁주렁 꽃을 달고 있는 난초 화분 하나씩을 들고 왔다. 똘마니들 중 두목에 해당하는 놈이 사장의 옆에 바투 붙어 섰다. 그 광경을 보고서 안심한 듯 승룡이 하루코를 불렀다. 하루코가 다가오자 단란주점 사장이 손을 건네면서 악수를 청했다. 하루코가 손을 뻗어서 단란주점 사장의 손을 잡았다.

"빈손으로 오기 뭣해서 화분 몇 개 들고 왔습니다. 가게 앞에 화환 하나 세워뒀습니다. 사업 번창하라고. 사장님이 원체 미인이라서 사업은 절로 활짝 피겠는데요. 그런데 이름이?"

단란주점 사장은 애써 사람 좋게 웃었다.

"춘자예요. 다들 하루코라고 불러요. 앞으로 잘 부탁합니다. 아닌 게 아니라 내일쯤 떡을 들고서 찾아가려고 했는데, 잘 오셨어요. 차린 건 없지만 좀 드세요."

하루코의 말이 끝나자마자 단란주점 사장이 손가락으로 옆에 선 놈의 옆구리를 찔렀다. 놈이 하루코에게 고갤 숙였다.

"저번 일 사과드리겠습니다."

하루코가 오래전부터 알고 지낸 이에게 장난치듯이 놈의 어깨를 툭 치면서 말했다.

"아냐."

놈이 잇몸이 드러나게 웃었다.

"누님이 그렇게 말씀하시니 더 죄송하네요."

"누님? 그렇게 말하니까 우리가 무슨 카바레에서 만난 제비족과 춤바람난 아줌마 같잖아. 그냥 형이라고 불러. 그래야 나도 편하고."

둘은 목젖이 보이게 웃어댔다. 얘기가 잘 풀리는가 싶어서 떨이는 얼른 가게 앞으로 가서 단란주점 식구들을 테이블로 안내했다. 손님들에게까지 자리를 내주고 나니 가게는 그야말로 만원이어서 잔칫집을 방불케 했다. 어쩌다 보니 하루코를 가운데로 좌로는 깡패들이, 우로는 선수들이 앉게 됐다. 처음에는 깡패들은 깡패대로 선수들은 선수대로 초면이 많은지라 낯을 가리는 눈치더니 금세 허물없이 서로 대했다. 부어라 마셔라 하는 통에 금세 깔아놓은 양주와 맥주병들이 동났다.

떨이는 냉장고에서 술을 꺼내오다 말고 들고 있는 맥주 박스의 무게감도 잊은 채 우두커니 서서 테이블에 앉은 이들을 둘러봐야 했다. 사람들이 어딘지 모르게 낯이 익었다. 술기운이 올라서일까? 언젠가 어디선가 이렇게 둘러앉아서 술잔을 기울였던 것만 같은 기시감이 들었다. 어디서 봤을까? 떨이의 시야에 수많은 얼굴이 명멸했다. 자신에게 비애감만 안겨준 그 사람. 혹독한 모멸감을 선사한 구치소 사람들. 그리고 이태원과 종로에서 만나고 헤어졌던 인연들. 때로는 내가 사랑했고, 또 때로는 나를 사랑했던 사람들. 돌아보면 그들은 결국 하나였다. 사랑의 본래 모습이 고통으로 일그러진 얼굴이라는 것을 일깨워준 단 한 사람이었다. 그런 까닭에 그 사람은 그 사람들이 될 수 있었고, 그 사람들은 그 사람이 될 수 있었다.

절에서 돌아올 때 차 안에서 승룡이 했던 말이 이명이 돼서 귓바퀴에 파고들었다. 의대? 법대? 재밌는 걸. 떨이의 손에 내 몸이 꿰매어지고, 징역이 찍힌다고 생각하니까. 대학생 때만 해도 떨이는 자신이 이런 삶을 살 것이라곤 상상도 하지 못했다. 밤이 돼서야 출근을 하는 이들의 삶은 자신과는 동떨어진 딴 세상의 일인 줄 알았다. 하지만 그 사람을 만나고 이반바에

드나들면서 새로운 세상이 있다는 것을 알게 됐다. 이태원 이반바에 기어들어간 후부터는 남루하게만 여겼던 세계의 구성원이 됐다.

떨이는 뜬금없는 생각이 들었다. 만약 무난하게 대학을 졸업하고 사회 제도권에 편입됐다면 자신의 삶이 어떻게 달라졌을까 하는. 강남의 타워팰리스에서 살고 있을지도 모르지. 차도 아우디를 끌고 다닐지도. 최신 유행하는 베르사체 양복을 입고 그 위에는 버버리 코트를 걸치고, 손목에는 파텍 필립 시계가 채워져 있을지도. 저녁 식사는 정통 이탈리안 레스토랑에서 화이트 와인을 곁들인 정식을 즐겨 먹을지도.

거기까지 생각이 미치자 떨이는 이상하게도 비애감이 아니라 충만감이 밀려왔다. 아마도 미얀마 여행에서 본 '낫(Nat, 정령) 거도(미얀마의 남자 무당)' 때문일 것이다.

"저들은 누군가요?"

미얀마 바고의 쉬사나이 사원. 떨이가 묻자 한국인 가이드가 답했다.

"낫 거도입니다."

낫 거도, 떨이의 입안에서는 처음으로 발음해보는 낯선 단어가 미끄러졌다. 남자들이 줄지어 앉아서 하얗게 분을 바르고 있었다. 분을 찍어 바르는 손길이 섬세했다. 이어 속눈썹을

붙이고 작은 붓을 들어서 눈썹의 선을 그리더니 입술을 붉게 칠했다. 화장하는 내내 그들의 표정은 진중했다. 흡사 밀림으로 사냥을 나가기 전에 얼굴에 진흙을 바르는 원시부족 전사들을 떠올리게 했다. 화장을 마치고 일어서는 그들에게는 감히 범접할 수 없는 보이지 않는 힘이 깃들어 있는 듯싶었다. 그들이 일어서서 날카롭게 휘어진 칼을 들자 경내 뒤편에 앉은 악공들이 전통 타악기를 두드려댔다. 그들의 춤사위가 빨라졌다. 돌면서 깊어지는 소용돌이처럼 그들의 춤사위는 허공을 집어삼킬 듯 맹렬했다. 떨이는 어렸을 적 우연히 봤던 굿판을 떠올렸다.

"저들은 미얀마 무당입니까?"

"그런 셈이죠."

"그런데 저들은 남자입니까? 여자입니까?"

가이드는 한 낫 거도를 턱짓으로 가리켰다. 짙은 화장으로도 검은 구레나룻을 감출 수 없었던 낫 거도. 분이 묻은 낫 거도의 구레나룻은 흉물스러웠다.

"그럼 저들은 트랜스 젠더입니까?"

가이드는 고개를 갸우뚱했다.

"글쎄요. 뭐라고 해야 할지…. 마음은 이미 트랜스 젠더일 테지만, 몸이 저러니…."

"그럼 저들은 까터이입니까?"

까터이는 인도차이나 반도에서 여성성을 지닌 남성을 일컫는 말이다. 이번에는 가이드는 고개를 저었다.

“글쎄요. 이렇다저렇다 말하기 어렵네요. 그저 낫 거도라고 할 수밖에.”

대충 알 것 같았다. 게이 쇼를 숱하게 봐온 떨이로서는 낫 거도라는 존재 자체가 충격이었다. 떨이가 만난 게이들은 여자들보다도 아름다웠다. 아름다움을 유지하기 위해서라면 호르몬 주사는 물론이고 수술도 마다치 않았다.

“그런데 낫 거도가 무슨 뜻입니까?”

떨이가 묻자 가이드는 제단 위에 봉안된 사람 형상의 조형물들을 손가락으로 가리켰다.

“저기 제단 위에 모셔져 있는 게 바로 37위의 ‘낫’입니다. 낫은 미얀마의 전통 정령신앙을 상징합니다. 흔히 미얀마 사람들은 원한을 품고 죽은 정령이 낫이 된다고 여기죠. 낫 신앙은 미얀마 최초의 통일왕조인 버강 왕조의 아노여타 왕이 테라바다 불교를 받아들이면서 금지됐습니다. 하지만 당시 미얀마 사람들에게는 토속신앙이었던 낫 대신 불교를 믿는 게 쉬운 일은 아니었지요. 결국 낫이 불교의 하위신앙으로 굳어지면서 낫에 대한 맹목적인 사랑의 대가로 낫 거도들은 국교인 불교에 반하는 무속 정령신앙의 사제로서의 천대에, 타고난 성을 거스르는 성적소수자로서의 멸시까지 받아야 했는데도 말입니다. 그도 그럴 게 낫 거도들은 낫 거도가 되는 게 낫과 결혼하는 일이라고 믿어요. 낫 거도들이 자신의 몸을 치장하는 것도 낫에게 조금이라도 잘 보이기 위해서랍니다."

떨이는 제단 위에 모셔진 37위의 낫을 향해 기원을 올리는 낫거도들이 모습을 멀거니 지켜봤다. 실로 그들은 성심을 다해 자신을 한껏 낮춤으로써 낫을 더욱 높은 위치에 서 있게 하려고 노력하는 듯싶었다. 조악하기 짝이 없는 낫의 형상들이 낫 거도들에게는 가장 높은 존재이리라 생각하니 떨이는 가슴이 아렸다. 당최 알아들을 수 없는 낫 거도들의 기도가 이어졌다. 주문(呪文)인 듯도 싶었고, 진언(眞言)인 듯도 싶었다. 비록 미얀마어라고는 안녕하세요, 라는 말조차 모르는 떨이였지만 낫 거도들의 기도만큼은 다 알아들을 수 있을 것 같았다. 낫 거도들의 뒤에서 떨이는 두 손을 모은 뒤 나지막이 읊조렸다.

"낫이여, 낫 거도들을 지켜주소서. 또한, 낫 거도들이여, 낫을 지켜주소서."

떨이는 자신이 택한 길은 그런 물질적인 조건들과 맞바꿀 수 없는 것임을 인지하자 마음 구석구석이 환해지는 게 느껴졌던 것이다. 많은 사람이 경쟁심을 원동력으로 삼고 살아가지. 웃음을 팔고 몸을 파는 화류계 논다니들도 누가 누구보다 더 인기가 있나, 따지면서 자위하기도 하고 상심하기도 하지.

하지만 그게 전부는 아니지. 그래, 풍향계가 없어도 철새떼는 사력을 다해 왔던 곳으로 돌아가지. 매서운 추위를 찢긴 두 날개로 버티면서 날아가지. 그렇게 허공에 긴 여운의 울음만 남긴 채 사라져가지. 설령 그 끝에 기다리는 게 고통뿐일지라도 한사코 울부짖으면서라도 갈 수밖에 없는 항로(航路).

사랑이라는 말이 전광석화처럼 뇌리에 스치자 떨이는 〈빌리 진〉의 한 구절이 맴돌았다. 아이 앰 더 원(I am the one). 나는 하나밖에 없는 사람. 따지고 보면 〈빌리 진〉 가사는 친자소송을 다룬 내용에 지나지 않다. 노래 속 화자는 빌리 진은 내 애인이 아니고, 빌리 진이 데려온 아이도 제 아이가 아니라고 변명만 늘어놓는다. 빌리 진과의 사랑을 부인하는 것이다. 하지만 변치 않는 사실은 그는 빌리 진과 춤을 췄다는 것, 그가 빌리 진의 하나밖에 없는 사람이라는 것.

떨이는 맥주병을 테이블 위에 내려놓으면서 자신에게 화답하기라도 하듯 고개를 끄덕였다. 아무리 그 사람이, 그 사람들이 나를, 내 사랑을 부인한다고 해도, 거기, 그 무대는 기억 속에서 환히 불을 밝히고 있겠지. 거기에 있었던 것들이 모두 사라진다고 해도.

에이프릴(April)

세상은 돌고 돈다. 봄가을처럼.

난주는 아빠방 식구들과 경주 남산에 단풍놀이를 갔다가 그런 생각을 했다.

한국으로 돌아오자마자 난주는 곧바로 보따리를 쌀 계획이었다. 마카오에서 비행기를 탈 때부터 단란주점 일을 관둬야겠다고 생각했다. 모아둔 돈도 제법 되고, 마카오에서 딴 돈도 있으니까 한동안은 쉬어도 될 것 같았다. 그런데 막상 숙소에 도착하니 발길이 떨어지지 않았다. 아마도 술집 생활에 익숙해질 대로 익숙해졌기 때문이리라. 몸의 기억만큼 무서운 게 있을까? 얼른 떠나자, 하는 마음의 말을 몸은 좀처럼 듣질 않으려고 했다. 어쩌면 그날 《아비정전(阿飛正傳)》을 보지 않았다면 여전히 사이키 조명 아래에서 술잔을 들고 있을지도 모르겠다.

찬바람이 부는가 싶어서 밖에 나가 보니 하늘이 높아져 있었다. 고운 햇빛을 보고 있으려니 하릴없이 방에서 시간을 낭비해서는 안 되겠다는 생각이 들었다. 무작정 거리를 걷다가 갈 곳도 없고 해서 찾아간 게 DVD방이었다. 문을 열고 들어가자 DVD방 사장으로 보이는 중년의 여자가 하품한 뒤 대뜸 혼자 왔느냐, 고 물었다. 여자는 수많은 DVD가 놓인 진열장을 손가락으로 가리키면서 볼 영화를 고르라고 했다. 진열장을 천천히 훑어가다가 장국영이 출연한《아비정전》을 발견했다.

방음시설이 되지 않는 비디오방은 옆방의 소리가 고스란히 들려왔다. 간간이 여자의 신음이 들려와 헤드폰의 성량을 키워야 했다. 혼자 왔느냐는 사장의 말뜻을 이해할 것 같았다. DVD방은 젊은 애들이 여관방 대신 이용하는 공간인 듯싶었다. 지하라서 그런지 DVD방은 가을이 왔음에도 습하기 짝이 없었다. 영화를 보는 내내 숨이 턱 막히는 것만 같은 답답함이 밀려왔다. 영화는 당최 무슨 얘길 하는지 알 수 없는 내용이어서 연신 졸음이 쏟아졌다. 그러다가 아비가 어머니를 찾아갔다가 문전박대를 당하고 돌아서는 장면을 보고서는 정신이 번뜩 들었다.

분명히 장국영은 길을 걷고 있었다. 하지만 장국영의 모습은 부력만으로 물 위를 떠다니는 시체처럼 보였다. 아스라이 멀어지는 장국영의 뒷모습을 보다가 그만 눈물이 쏟아졌다. 감정을 억누르느라 난주는 두 다리에 얼굴을 파묻고 한동안 멍하니 앉아 있어야 했다. 격정의 감정이 어느 정도 진정되고 나니 장국영이 장만옥에게 했던 대사가 마음에 잔잔한 파문을 일으키며 여울져왔다.

"너와 나는 1분을 같이 했어. 난 이 소중한 1분을 잊지 않을 거야. 지울 수도 없어. 이미 과거가 되어 버렸으니까."

그러자 살면서 만났던 숱한 얼굴들이 눈앞에 스쳐 갔다. 숙소로 돌아오자마자 난주는 가방에 짐을 챙겼다.

업소에 나가지 않고 집에만 있으려니 단란주점에서 보낸 나날이 까마득한 옛일처럼 여겨졌다. 처음에는 그런 중노역이 없다고 여겨질 만큼 힘이 들었다. 더욱 서러운 것은 명절 연휴가 끝나고 나서 걸려오는 아빠의 전화였다. 넌 명절인데 코빼기도 안 비치냐는 핀잔을 듣고 나면 절로 눈물이 났다. 노름빚을 졌을 때 아빠한테 전화해서 사정하는 것이었는데 하는 후회가 밀려오기도 했다. 하지만 아빠한테만큼은 자신의 치부(恥部)를 드러내고 싶지 않았다.

눈독을 들이는 이들은 많았기 때문에 자신이 원하기만 한다면 난주는 강남의 룸살롱으로 갈 수 있었다. 하지만 불새처럼 늙어서까지 화류계를 돌고 싶지 않았다. 철딱서니 없는 몇몇 친구들은 룸살롱에 나가게 된 게 대단한 자리에라도 오른 것처럼 자랑하곤 했다. 그럴 때마다 난주는 불새가 떠올랐다. 퇴출 위기의 아빠방 선수로 전락한 불새도 한때는 호빠의 에이스로 이름을 떨칠 때가 있었다고 한다. 어차피 화류계는 제 갈 길이 정해져 있었다. 피었으면 지는 것.

난주는 우연히 대학로를 걷다가 대입학원 광고전단을 보게 됐다. 이전부터 다시 대학에 가야겠다고 생각했던 터라 이튿날 곧바로 학원을 찾아가 등록을 마쳤다.

한동안 불새에게서는 연락이 없었다. 경주에 내려가기 전 불새는 난주에게 1,500만 원을 빌렸다. 불새 말로는 마음 맞는 사람들과 새로 가게를 차리기로 해서 돈이 급히 필요하다고 했다. 혹시나 불새가 공사를 치려는 수작이 아닐까 싶어서 난주는 명확히 선을 그었다.

"내가 돈이 많으면 그까짓 돈 그냥 주고 싶지만, 오빠도 알다시피 내 코가 석 자라서 그러진 못하겠네. 이건 꿔주는 거니까 반드시 갚아야 해. 그렇다고 각서까지 써달라는 건 아니고."

경주로 내려간 뒤 불새는 처음 두 달 동안은 통장으로 돈을 보내줬다. 빌려 간 돈을 할부로 갚으면서도 마치 용돈이라도 주는 양 생색을 냈다. 듣자니 가게가 성황이어서 무척 바쁘다고 했다. 불새에게 전화가 온 건 대학로 거리에 노란 은행잎들이 떨어지던 가을날이었다. 불새는 대뜸 말했다.

"우리 가게 사람들하고 함께 단풍놀이 갈래?"

불새와 만나기로 한 곳은 경주역이었다. 멀리 경적 소리가 들려서 승합차가 있는 곳으로 가보니 낯익은 얼굴이 보였다. 운전대를 잡고 있는 게 바로 하루코였다. 난주는 하루코를 보자마자 팔짝팔짝 뛰면서 호들갑을 떨었다.

"어머! 세상에! 언니."

난주는 하루코가 여수의 단란주점에서 일했던 시절이 눈앞에 스쳐 갔다. 당시 난주는 중학생이었다. 어릴 적에 엄마가 집을 나갔던 터라 난주는 편부슬하에서 자라야 했다. 엄마의 보살핌을 받지 못하는 게 안쓰러웠는지 하루코는 틈이 날 때마다 난주와 놀아주곤 했다. 사춘기가 시작할 무렵에 만나서인지 하루코가 난주에게 끼친 영향을 실로 컸다. 그도 그럴 게 당시 난주는 곧잘 친구들로부터 술집 딸이라고 놀림을 받곤 했다. 그런 난주에게 하루코는 유일한 친구가 돼 줬다. 하루코가 묵는 방에 놀러 가면 하루코는 단 한 번도 그냥 지나치는 법이 없었다. 더운 여름날에는 목에 땀띠가 났다면서 예쁜 나비무늬가 새겨져 있는 머리끈으로 질끈 묶어줬다. 겨울이 와서 찬바람이 드세지면 손과 얼굴에 콜드크림을 발라줬다. 그래서인지 난주는 하루코에게서 어렴풋이나마 엄마의 체취를 느꼈다. 어쩌면 남자들만 있는 집에서 자라다가 만나서 하루코를 더 좋게 느꼈는지도 모르겠다. 휴일이면 둘은 이곳저곳 놀러 다녔다. 김밥을 싸서 가까운 공원에 가기도 했고, 극장에 가서 영화를 보기도 했다. 서해가 보이는 국도를 따라서 드라이브하기도 했다. 그러던 어느 날 하루코가 사라졌다. 가게에도, 하루코가 묵던 방에도 하루코는 없었다. 집 앞에 세워져 있던 하루코의 차도 종적이 없었다. 하루코는 어디 갔느냐고 물으니 아빠가 혀를 찼다.

"잡여르 가시내가 성질머리가 소고기 심줄처럼 드세서…. 그래도 그년이 속이 깊은 년이었는데…. 너한테도 썩 잘하고…."

그렇게만 말할 뿐 하루코가 왜 떠났는지는 말해주지 않았다. 물장사가 몸에 배서인지 아빠는 술집아가씨한테는 정을 주지 않았다. 그저 돈을 주고받으며 사고파는 물건쯤으로 여겼다. 그런 아빠도 하루코에게는 인간적인 정을 느꼈던 모양이다. 하루코가 떠난 것을 못내 아쉬워했으니까. 나중에 남정네들이 상회 평상에 앉아 떠드는 것을 듣고서야 하루코가 떠난 이유를 알게 됐다. 한 깡패 놈이 술에 취해서 심하게 지분거리다가 순순히 말을 듣지 않으니까 하루코의 머리를 맥주병으로 내리쳤다. 참고 있을 하루코가 아니었다. 하루코도 똑같이 놈의 머리를 맥주병으로 후려쳤다. 이튿날 하루코는 종적을 감췄다. 하루코가 떠난 뒤 곧잘 난주는 바람결에 하루코의 체취를 느끼곤 했다. 한 입 베어 물면 입안에 단내가 가득 퍼질 것 같은 농익은 과육 냄새. 그건 소녀가 아닌 여자의 냄새였다. 난주는 얼른 커서 어른이 돼야겠다고 생각하곤 했다.

난주가 소녀에서 아가씨로 바뀌는 동안 하루코도 그만큼 늙어 있었다.

"불새가 애인을 데리고 온다고 해서 누군가 했더니. 네가 불새 애인이었구나. 세상 참 좁다. 어떻게 지냈어?"

어떻게 지냈어, 라는 질문에 난주는 뭐라고 답을 해야 할지 막막했다. 그 질문이 단순히 근황만 묻는 게 아니라는 것을 잘 알고 있었다. 난주는 대충 둘러대기로 했다.

"전문대 다니다가 관두고 4년제로 다시 가려고 준비하고 있어요."

껴안은 둘을 보더니 불새가 물었다.

"근데 둘이 어떻게 알아?"

"언젠가 말했던 언니가 바로 하루코 언니야. 아빠가 하는 술집에서 일했다는 언니가."

"정말 세상 좁네."

이번에는 하루코가 물었다.

"근데 둘이 어떻게 만났어? 나이도 제법 차이가 나는데."

불새가 능청스럽게 답했다.

"길에서 만났어."

공연한 것을 물었다 싶었는지 하루코가 말을 흐렸다.

"남녀가 만나는 데가 길바닥 아니면 방구석이지."

말끝에 하루코는 끼리끼리 논다고 화류계가 어울릴 게 화류계밖에 더 있겠느냐는 표정을 지었다. 차에 오르자 불새가 운전 보조석에 앉은 남자를 소개해줬다.

"여긴 내 친구야. 진두라고. 별명이 판돌이야. 디제이 출신이거든."

레게 머리를 한 게 범상치 않다 싶더니 디제이 출신이었구나. 언젠가 판돌이에 대한 얘기를 들은 적이 있어서인지 오래전부터 알고 지낸 사람처럼 여겨졌다. 불새 옆에는 남자인지 여자인지 구분이 안 되는 이가 앉아 있었다.

"여기는 중혁이. 근데 그냥 떨이라고 불러. 중혁이라고 하면 화를 내거든. 저래 봬도 명문대 출신이야."

말끝에 불새는 낄낄, 웃어댔다. 불새의 말을 듣고 게이라는 것을 알 수 있었다. 오빠라고 해야 하나, 언니라고 해야 하나 고민하고 있는데 떨이가 먼저 입을 뗐다.

"저래 봬도? 내가 어때서. 무슨 소개를 그렇게 해. 내가 너보다 언니니까 말 놓을 게. 만나서 반가워. 어머, 너 가슴 한 번 예쁘게 생겼다. 거기 파묻혀서 한숨 푹 잤으면 좋겠다."

짓궂게 인사말을 건넸지만, 떨이는 어딘지 모르게 분위기가 있어 보였다. 장국영이 영화 속에서 게이로 출연해서인지 게이라는 데서 오는 이질감 같은 것도 느껴지지 않았다.

이번에는 불새가 뒤편에 앉아 있는 험악하게 생긴 사내를 소개해줬다.

"여기는 승룡이 형. 하루코 누나 소싯적 친구야."

"안녕하세요. 난주예요. 잘 부탁해요."

인사를 하자 승룡은 그저 고개만 까딱하고 시선을 돌렸다. 범상치 않은 분위기로 봐서 아마도 어깨 출신인 듯싶었다.

일행은 세파에 불두와 두 손이 마모된 마애불 아래에 돗자리를 깔았다. 하루코와 떨이가 먹을 것을 꺼냈다. 일회용 도시락에 싼 김밥과 구운 오징어였다. 불새와 판돌이가 들고 온 봉투에서 술병들을 끄집어냈다.

"단풍구경 하면서 마시면 좋을 것 같아서 레드 와인으로 들고 왔어."

아닌 게 아니라 붉은 게 예뻐 보였다. 술잔은 일회용 종이컵이었다. 차례대로 종이컵에 적포도주를 따랐다. 하루코가 일어나서 건배를 외쳤다.

"난주의 청춘을 위하여."

다른 사람들이 따라서 구호를 외쳤다. 난주가 쑥스럽기도 해서 한마디 했다.

"저도 연식이 제법 됐어요. 그런데 청춘이라고 해도 되나?"

떨이가 손사래를 쳤다.

“어머! 얘는 무슨 소리를 하는 거야. 한창이지. 안 그래? 하루코 언니?”

하루코가 말을 받았다.

“그 나이면 내가 일본 텐프로에서 뛸 때네. 그때까지만 해도 좋았지. 피부도 팽팽했고. 그건 그렇고 김밥들 먹어. 떨이 년이랑 나랑 새벽부터 일어나 싼 거니까.”

난주는 하루코 묵었던 여관방 생각이 났다. 하루코의 방에는 장국영 사진이 걸려 있었다. 자주 보다 보니 자기도 모르게 난주는 장국영이 좋아졌다.

난주는 도시락 뚜껑을 열어봤다. 알록달록한 게 시각적으로는 미각을 돋웠다. 나무젓가락으로 김밥을 집어서 입에 넣었다. 뭐라고 형언할 수 없지만, 하여튼 맛이 없었다. 우선 짠 것만은 확실했다. 승룡이 김밥을 먹자마자 급히 포도주를 마셨다. 떨이가 빈 잔에 포도주를 따라주면서 물었다.

“오빠, 김밥이 짜요?”

“이건 김밥이 아니고 소금밥이네.”

떨이의 볼이 붉어졌다.

“프랑스에서는 주문한 음식이 짜면 ‘요리사가 사랑에 빠졌다’라고 한대요.”

승룡이 퉁명스럽게 대꾸했다.

"그건 프랑스 얘기고. 한국에서는 곧바로 음식 물러."

하루코는 판돌이에게 물을 건네면서 물었다.

"김밥이 짜지? 엊저녁에 술을 많이 퍼마셨더니 밥에 소금 뿌릴 때 간을 못 맞추겠더라고. 떨이년도 어제 엄청 달렸나 봐. 계속 소금을 더 넣으라고 하더라고."

판돌이가 김밥을 우적우적 씹어 먹었다.

"괜찮아. 그건 그렇고 어제는 은행에 왜 갔어?"

"어…. 빠꾸 형 돈 좀 갚느라고."

일시에 다른 사람들이 토끼 눈을 했다. 판돌이가 김밥을 씹으면서 말했다.

"뭘 그렇게까지 해. 그냥 입 닦아도 될 걸."

"요즘 빠꾸 형 힘들어. 마누라가 바람이 났대. 마누라가 먼저 이혼을 요구해왔대."

말끝에 하루코는 난주의 눈치를 살폈다. 하루코는 난주의 집안 내력을 잘 알고 있었다. 엄마는 이웃남자와 배가 맞아서 집을 나갔다. 동네에 소문이 파다하게 퍼져서 난주도 그 내막을 알고 있었다. 타고난 바람둥이였던 아빠도 엄마를 탓할 처지는 못 됐다. 엄마가 남편의 바람기에 질려서 맞바람을 핀 것인지 뒤늦게 일생일대의 로맨스를 만난 것인지는 알 수 없는 노릇이었다.

하루코는 판돌이를 바라보면서 말했다.

"어쨌든 빌린 돈이니까 갚아야지. 안 그래? 판돌아."

판돌이가 고개를 끄덕이면서 웃었다. 빚 얘기가 나오자 난주는 이때다 싶어서 불새를 노려봤다.

"오빠, 이번 달에는 왜 빌린 돈 안 부쳤어? 매달 100만원씩 갚기로 하지 않았어? 빌린 돈 갚는 주제에 돈 부칠 때마다 용돈이라도 주는 것처럼 생색내더니…."

난주의 말을 듣더니 하루코가 어이없는 표정을 지었다.

"너, 저번에 구해온 돈 난주한테 빌린 거였어? 이 새끼 이거 어린애한테 돈이나 갖다 쓰고."

불새가 머리를 긁적이면서 말했다.

"다음 달에 이번 달 것까지 함께 부칠 게."

"또 손맛 봤어? 죽으라고 해봐야 한 번 따는 적도 없으면서…."

승룡이 포도주를 마시고 단풍 든 산야를 보면서 말했다.

"단풍 좋다!"

떨이가 기다렸다는 듯이 대꾸했다.

"정말 단풍이 곱네요."

아닌 게 아니라 단풍이 아름다웠다. 단풍을 보고 있으려니 난주는 다시 한 번 하루코와 보냈던 나날이 떠올랐다. 하루코는 곧잘 허옇게 서리가 낀 유리창에 대고 손가락을 꾹꾹 눌러 무늬를 그려 넣었다. 언젠가 그게 뭐냐고 물으니 하루코는 팔손이나무 꽃이라고 했다. 유리창에 새긴 팔손이나무 꽃은 금세 물이 번져서 형체가 지워졌다. 그 기억이 뇌리 속에 선명히 남아서 지워지지 않았다. 자라면서 난주는 무료할 때마다 방벽에 대고 손가락으로 꽃그림을 그리곤 했다. 난주의 방은 창문이 없어서 낮에도 새까만 어둠만이 고여 있었다. 꽃 그림을 그리기 전에 난주는 먼저 방벽 한가운데 큼지막한 창문을 만드는 상상을 했다. 취기가 올랐는지 하루코가 흥얼흥얼 노래를 불렀다.

연분홍 치마가 봄바람에 휘날리더라.
오늘도 옷고름 씹어가며 산 제비 넘나드는 서낭당 길에
꽃이 피면 같이 웃고, 꽃이 지면 같이 울던
알뜰한 그 맹세에 봄날은 간다.

떨이가 따라서 노래를 불렀다. 은박지처럼 섬세한 음색이었다. 떨이의 노래는 청명한 가을 공기를 뚫고 하늘 끝까지 나아가는 것 같았다. 산이 에워싸고 있어서 노래는 메아리가 돼 울려 퍼졌다.

새파란 풀잎이 물에 떠서 흘러가더라.
오늘도 꽃 편지 내던지며 청노새 짤랑대는 역마차 길에

별이 뜨면 서로 웃고, 별이 지면 서로 울던
실없는 그 기약에 봄날은 간다.

다시 봄이다. 줄지어 선 벚나무들이 튀밥 같은 꽃들을 피웠다. 난주는 경주로 거처를 옮겼다. 경주 인근 대학교에 편입학했기 때문이다. 하루코는 한집에서 살자고 했다.

"노인네들하고 살기 싫어요."

개떡같이 말해도 찰떡같이 알아듣는 하루코인지라 그 말뜻이 폐 끼치고 싶지 않다는 완곡한 표현임을 아는 듯했다.

"하긴 이 바닥에서는 마흔 넘으면 환갑 진갑 다 지난 나이지. 네 말을 듣고 나니 할머니가 보고 싶다. 병원에서 옆 침실을 쓰는 여자가 예순 살이 넘었다는 얘기를 듣고서 할머니가 내게 이런 말을 했어. 환갑이 지나도 새색시 같구나. 내가 더 늙어서 그렇게 느껴지는 걸 테지. 마흔 살에는 스무 살이 부럽더니, 예순 살이 되자 마흔 살도 어려 보이더구나. 이제 갈 날이 되니 예순 살도 새색시 같으니."

경주로 내려온 뒤 불새의 태도가 급변했다. 난주를 동생 대하듯 했다. 아마도 그게 도리라고 생각하는 모양이었다. 대학교에 편입학했으니 새로운 인생을 살아보라는 의미인 듯싶었다.

하루는 하루코네로 장국영 사진이 담긴 액자를 들고 갔다.

검은 배경에 하얀색 치파오를 입고 서 있는 장국영. 그의 손에는 빨간색 꽃신 한 켤레 들려 있다. 물끄러미 허공을 응시하고 있는 두 눈이 유난히 슬퍼 보였다. 난주는 액자를 건네면서 말했다.

"언니, 기억 안나요? 언니 방에 걸려 있던 장국영 사진. 그걸 보다가 나도 언니 따라서 장국영 팬이 됐는데."

"장국영 사진은 먼저 살던 아가씨가 걸어뒀던 거야. 떼어내면 방이 휑할까 싶어서 그대로 뒀던 건데. 네가 오해를 한 모양이다."

하루코의 말을 듣고 나니 사람은 누구나 떠나면서 흔적을 남긴다는 생각이 들었다. 난분분 흩날리는 벚꽃 아래로 사람들이 지나가는가 싶더니, 벚나무에는 앙상한 가지만 남았다.

새벽녘까지 술을 마신 이튿날 하루코는 독감에 걸렸다. 하루코 소식을 듣고 난주는 전복죽을 사갖고 찾아갔다.

"언니, 몸 좀 조심해서 다뤄요. 기계도 많이 쓰면 고장이 나는데 하물며 사람 몸뚱이야…."

하루코가 쓰게 웃었다. 그리고 들릴 듯 말 듯한 소리로 말했다.

"이렇게 살아 있으니까 병도 걸리는 거지."

하루코는 침대에서 일어나 창문 앞으로 걸어갔다. 꽃잎 떨어져 앙상한 가지만 남은 벚나무들이 보였다.

난주는 사는 게 꽃 피고 지는 것에 지나지 않다는 생각이 들었다. 꽃을 피우는 일은 그 당사자인 식물의 처지에서 보자면 얼마나 더디고 가슴 졸이는 일이겠는가? 심장이 터지는 것 같은 순간순간의 아픔을 이겨낸 뒤에야 피어나지만, 소나기 한 번에도 지고 마는 꽃잎들. 어쩌면 가지를 찢고 올라온 그 아프고 환한 자리가 바로 우리들의 삶인지도.

작가의 말

귀신을 기를 만큼 지긋치는 못해도
처녀 귀신 허고
相面은 되는 나이.

– 미당 서정주의 〈마흔다섯〉에서

마흔 살 봄날에 사랑니 두 개를 뽑았다. 그 사랑니들은 치과 의사가 "나중에 어금니가 상하면 대신 써도 좋겠다."고 했던 것이었다. 하도 술을 마시고 다닌 탓에 사랑니 주변에 염증이 생겨서 마취제는 약효가 없었다. 그러니 당연 이를 뽑는 내내 아팠다. 그 사랑니를 뽑으면서 무아(無我)에 대해 생각했다. 사랑니가 날 때는 아픈 건 마음뿐이더니, 사랑니를 뽑을 때는 아픈 건 몸뚱이 뿐이라니.

2주가 지나 부은 턱이 가라앉고 나서 혀끝으로 사랑니가 있었던 그 공허한 자리를 더듬는 버릇이 생겼고, 그럴 때마다 젊었을 때 만났던 사람들이 떠올랐다. 희미한 기억의 사람들을 하나씩 호명하면서 '꽃 피는 시간'과 '꽃 지는 시간'의 의미를 곱씹어야 했다.

이 글은 젊은 날에 내가 사랑했고, 나를 사랑했던 사람들에게 차려 올리는 그야말로 조촐한 술상이다.

이 글을 쓰고서 6년이 지났으니, 어느새 마흔다섯이 넘어섰다. 생장하는 세포보다 소멸하는 세포가 많음을 몸소 느끼는 나이가 되었다.

돌아보면 인생은 덧없어서 아름답고 아름다워서 덧없다. 손을 뻗으면 잡힐 듯 가까이에 있지만 미처 손 쓸 새도 없이 사라지는 취생몽사(醉生夢死)의 삶에서 내가 유일하게 깨어 있을 수 있는 길은 이야기를 하는 것이리라.

책을 출간해준 실천문학에 감사드린다.

책을 쓰는 데는 60일도 안 걸렸는데, 책을 출간하는 데는 6년이 넘게 걸렸다.

다음에는 책을 쓰는 기간은 늘리고, 책을 출간하는 기간은 줄이고 싶다.

작가의 말을 쓰고 있는 황악산은 봄날이어서

아쉬운 듯 공중에 파문을 만들며 벚꽃이 떨어지고,

그 찰나에도 아쉬워할 겨를도 없이 지구는 자전(自轉)을 하고